JN076820

天上の涙

Heavenly Tears

崔 雅子

東京図書出版

天上の涙

目次

■小説

女は急に乗り込んできた

女は急に乗り込んできた。均は突然の展開に面食らった。髪の長い美しい女だ。年のころは三十代の前半くらいか。ブルーグレーの高そうなミニスカスーツを着ている。女は何の迷いもなく均の車に乗り込んできて、さも当然のごとく助手席にどっかと腰を下ろすと、軽い溜め息をついた。

「出して」

「えっ?」

均は、わけが分からず一瞬固まる。

「だから、出してって言ってるでしょ!」

女は前を向いたまま声を張った。

均はぽかんと女を見つめた。全然状況がつかめない。

均はいま、自宅最寄り駅のロータリーで、妻のまどかを待っていた。日曜日の今日、家でごろごろしていた均は、休日出勤をして疲れて帰ってくる妻からの「ちょっと駅まで迎えに来てよ!」という電話を無視するわけにもいかず、いやいやながら重い腰を上げ、さっきやっと駅に着いたのだ。妻の乗る電車が到着するまでには少し時間があるようだから、一服しようとセブンスターを出したところで、この見知らぬ女が乗り込んできた。

「あの……」

均は恐る恐る女に向かって声をかけた。

「私は、妻を待っているところでして……」

女は前を見たまま「どん！」と足を鳴らした。女のピンヒールが助手席の床に食い込む勢いだ。

「あんた、奥さんの顔忘れたの？　なに寝ぼけたこと言ってんのよ！　早く車出しなさいよ！　こっちは疲れてんのよ！　早く家に帰ってゆっくりしたいの！」

そう言うと、女はがたがたと貧乏ゆすりを始めた。

「煙草！」

女は均の禿げ頭を睨みつけながら言った。

「煙草、あったでしょ。セブンスター」

「君、煙草は吸わないんじゃ……」

均は呆然として言った。

均の妻・まどかは煙草を吸わない。この女は均の妻ではないはずだが、「奥さんの顔忘れたの？」と均に聞いた。どういうことだろう。この女は、均の妻・まどかのつもりなのだろうか。しかし、まどかなら、煙草は吸わないはずだ。だからつい、均は、そんなことを言ってしまった。

「君は、煙草を吸わないはずだろ？」

女は一瞬はっとして、また車の正面に向き直った。そして、やや落ち着いた声で、

「私にも、吸いたい日はあるわ」と言った。

均は、女にセブンスターを一本渡した。女は満足げに、ありがとうと言った。均は車に備え付けられたライターで、女の煙草に火を点けてやった。

女は少し微笑んで、「いいとこあるじゃない」と言った。

均は嬉しくなった。

急に乗り込んできたこの見知らぬ女に、叱られて、怒鳴られて、それから褒められて、何故か心がほっこりした。

「君の旦那だからね」

と、心にもない、しかも言うべきでない言葉が出てしまった。

女は、ふふふ……と笑った。笑った顔が可愛かった。もともと顔立ちの綺麗な女だ。笑うとさらにその綺麗な顔は魅力的になった。

「早く帰りましょうよ」

女が言った。

「そうだな」

均は何の迷いもなく、そう答えていた。

均は車を発進させた。超中古のボロボロプリウスは、いつもより軽やかに滑り出した。

街の明かりが、車窓を通り過ぎていく。均の家から駅まで歩くと、大人の足でもゆうに四十分は掛かるだろう。しかもこの街の道路はアップダウンが激しい。首都圏から少し外れた、こんなところに家を買うのも難しい時代になって久しい。均とて、しがないサラリーマンの上に、親の財産もあてにできない身の上で、一戸建てなどは程遠く、七十平米の小さなマンションがせいぜいだった。何の変哲もないつまらない人生っちゃあ、つまらない人生だ。

しかし今日はどうだろう。何かいわくありげな怪しい美女を乗せて、車はなめらかに夜の街を走っている。しかもその美女は、均の妻だとのたまっている。

「今日は車少ないな」

「そうね……」

会話も、倦怠期を幾度か通り越した夫婦のそれとして、なんとかまずまず成立している。

「仕事、疲れたか?」

「だから、疲れたって言ってるでしょ……」女は、さっきより幾分やわらかい口調で返した。

均は、この女の目的は何だろうと考えた。それに、本当のまどかはどうしたんだと気になった。均が女と駅前で少し揉めている間に、まどかの電車は着いてもおかしくない時間になっていたのではないだろうか。いったい、何がどうなっているんだろう。

均の妻のまどかは、いま隣に座っている美女とは雲泥の差、四十二歳の均と同い年の、コロコロ系ぽっちゃりおブスだ。

いったい何が起こっているのか。均は納得できないまま、ハンドルを握り続けた。

「あ、ちょっと止めて」

まどかが、いや、自分のことをまどかだと言い張っている女が言った。駅と均のマンションの中間地点にあるコンビニの前だ。均はウインカーを出しながら、ゆっくりとコンビニの駐車場に入っていった。

「待ってて」

女が均に目配せして、車を降りる。

均は、コンビニのエントランスに入っていく女の後ろ姿をながめた。

「綺麗な女だなぁ……」

思わずそうつぶやいた。軽くウェーブのかかった栗色の髪がさらさらとなびいている。

細身の身体だが、ウエスト部分がさらに蜂のようにくびれている。その下に続く腰の丸みも艶めかしい。スカートの下から覗く真っすぐに伸びた二本の脚。あんな女が本当に、自分の妻だったらどんなにいいだろう。均はぼんやりと、そんなことを考えていた。

やがて女がコンビニの袋を提げて戻ってきたとき、均は、何故か電撃が走ったようにひらめいた。

そうだ。これは、俺の「夢」だと。

夢といっても、均が駅前で妻のまどかを待っている間にうたた寝をして観ている、という夢ではない。これは、俺の夢を具現化したテレビ番組。そう、アレに違いないと。

『もし妻が、ある日突然別人に変わったら、夫は、受け入れる？　受け入れない？』

その番組は、一般人にいろいろなドッキリを仕掛けて、そのリアクションを楽しむというものだった。隠しカメラがどこかにセットされていて、その一部始終が視聴者の目にさらされる。

なんだ。そうと分かれば、みっともない姿は見せられない。均は、メタボ腹を引き締めた。

この女は、テレビ局が用意した女優だ。彼女は俺の妻になりすまし、俺がその現実を受け入れるか受け入れないか、みんなで観ているのだ。

女は助手席に座ると、「食べる?」とコンビニ袋のなかからカップアイスを取り出して聞いた。

「いや」

均はクールに答えた。しかし実のところは今日、家でゴロゴロしている間にジャンクフードをさんざん食い荒らしていたのだ。

「そう？」

女は、均が要らないと答えることを前提にしていたようなそぶりで、何のためらいもなく一人だけアイスを食べ始めた。空のレジ袋が足元にふわりと落ちる。なんだ、アイスは最初から一個しかなかったのか。

そういえば、まどかはアイスクリームが好きだった。好きだけど太るから、普段はけっこう控えていると言っていた。しかし、今日のこのまどかは違っていた。もう夜の十時を回っているというのに、ペロリとまるまる一個を平らげた。本当のまどかなら、絶対食べない時間帯だ。

「ああ、落ち着いた。出して」

女がやわらかい口調で言った。

「いい夜だ」

「えっ？」

「いい夜だって言ったんだ」

「なによ」

女が鼻で笑った。

「今日のあなた、ちょっと変よ」

変なのはおまえだろう。均は思った。売れない女優だろうか。綺麗だが、テレビで見かけた覚えはなかった。まあまず、こういう番組に使われるのは、テレビでそうそう見かける役者ではまずいはずだ。それにしても、仕事を選べよ。いや、仕事を選ぶなんて贅沢言っていられないから、こんな仕事をしているのか。均は、女がちょっと可哀そうになった。

「ちょっと、ドライブしていくか」

調子に乗って、ついそんなことを言う。

女は、あきれた顔で均のほうを向いた。あ、やっぱまずかったか。

二人の間に、しばしの沈黙があった。

「なに言ってんの？」

女が聞いた。

「いや、ごめん。疲れてるんだったね。やっぱり帰ろう」

均は、ごめんごめんと詫びながら、車を発進させた。

明かりの少なくなった夜の街を、プリウスは静かに滑っていく。

「どこに行くの？」

女が聞いた。

「えっ？」

「もし、ちょっとドライブするなら、どこに連れてってくれるの？」

均は、前方を注意しながらも横目で女の顔を窺うように見る。女の口元は、心なしか少しほころんでいるように見えた。

「どこに行きたい？」

「そうね……」

女が首をかしげる。

可愛い。

細い人差し指と中指を、顎のあたりに持っていく。

魅力的だ。

目をつぶってしばし考える。

色っぽい。

首が前方にがくっと崩れる。

……おいおい、寝てんのかい！

「まどか！」

均は少し声を荒げる。

「……」

女はぴくりとも動かない。

均はがっくりきて、大きな溜め息をついた。やっぱり、真っすぐ家に帰るしかないのか。いや、眠っているこの女を連れて、夜の街を走っていき、女が目を覚ましたころに、どこかロマンチックなところに着いているっていうのも「あり」だ。均はひとり、ほくそ笑んだ。一人息子の健(たける)は、今日は部活の合宿で居ない。戸締まりも、きちんとしてきた。もしこのまま自宅を通り過ぎて、そうだ、たとえば、ラブホテルなんぞに連れ込んだら、女は目覚めてなんて言うだろうか。それとも、街が見下ろせる高台に車を止めて、夜風に当たりながら女が目を覚ますのを待つのもいい。

考えているうちに、均は、胸がどきどきしてきた。こんな高鳴りは久しぶりだ。健が難関と言われる私立中学に合格したとき以来だ。あのときは思わず、まどかの太すぎる体を力いっぱいハグしてしまった。まどかもいやがるふうでもなく、健にあきれ顔をされながらも、夫婦で本人以上にはしゃいでしまったものだ。

こんな胸のときめきを思い出させてくれるなんて、このテレビ番組、悪くないじゃないか、と均は再びほくそ笑んだ。

しかし、それにしても。

やっぱり、テレビ番組でリアルにラブホテルはまずいか。均は一人、自嘲笑いをした。

そして均はふと、変なことに気付いた。いや、本当はもっと早くに気付くべきだった。

（……カメラはどこだ……）

女がカメラをどこかに隠して持ってきたのだろうか。そんなそぶりは全然なかったが。

均は、横で眠っている女をチラと見た。このふわふわの栗毛のなかに、性能のいい小型の隠しカメラでもセットしているのだろうか。それとも……。均は女の胸元を見た。フリルのブラウスの間から、胸の谷間がちらりと見える。この、形のいいバストの間に、性能のいい小型の……と思っているうちに、均は、自分の体の一部に、ある変化がおとずれたのを感じた。

これはいかん。運転中だ。

均は真っすぐ前を見て、運転に集中しようと努力した。

「フガッ！」

ふいに女が、変なしゃっくりをした。均は驚いて一瞬ブレーキを踏みそうになった。なんでもないこんなところで突然急ブレーキをかけたら、車は横滑りもしかねない。均は肝を冷やした。

「フガッ」

女がまたやる。

「フガッ、フガッ、フガーッ！」

しゃっくりだと思っていたのは、いびきだった。まるで豚かイノシシの鳴き声のようないびきだ。

やがてフガフガは、じきにガーガーになり、そのうち、ゴーゴーという嵐のような往復いびきに変わった。

均は頭が痛くなった。

「あなたのいびき、どうにかならないの？」と言っていたまどかだったが、自分はどうだ。

均は腹が立ってきた。

（そうか、カメラは……）

腹立ちまぎれにアクセルを踏んだとき、均はまた突然ひらめいた。

カメラはきっと前の日に、事前にセットされていたのだ。この車のどこかに。そうだぞうだ。たしか番組ではそうだった。均は一人で納得した。

「それに……」

まどかじゃない女に、まどかの非を責めてもしょうがない。均は当然のことにいまさらながら気付き、ロマンチック気分も消え失せて、真っすぐマンションに帰ることにした。

新興住宅街のその一角は、気を付けていないと特に夜道は自分の家を見失う。無理をして一戸建てを買った同僚が愚痴っていた。見失うといっても、別に道に迷うわけじゃない。自分の家の両隣も向かいも、どこもかしこも同じような家ばかりで、よく目を凝らさないと自分の家との区別がつかないという意味だ。その点、均にはそういった心配はなかった。

……いや、やはり心配はあるか。万が一、階を間違えでもしたら大変なことになる。そうそう、これは別の同僚が言っていた。やつはある日の夜中、べろんべろんに酔って帰って、エレベーターのボタンを押し間違え、一つ下の階に降りてしまった。そしてその日に限って鍵を持っていなかった。ドアの前でピンポンピンポンと何度もインターフォンを鳴らし、ドアを乱暴にノックして、そこの住人である年寄り二人を起こしてしまった。その輩からは普段から「あんたんとこの騒音、うるさすぎるんだよ！」と苦情を言われていたのにだ。

……その先を想像するのも恐ろしい。均は話を聞いたとき、途中で思わず同僚の口をふさいでしまったのを覚えている。

変なことを思い出しているうちに、マンションに到着した。均の車はエントランスの前を通り過ぎ、せまい駐車場に落ち着いた。

車を停めて均は、しばらくぼーっとしていた。ひとしきりいびきをかいたあとやがて静かな寝息を立て始めた女は、相変わらず均の横で気持ちよさそうに眠っている。

均はその寝顔をながめた。やっぱり綺麗だ。無防備に横たわっているその美女を見ていると、またあらぬ感情がふつふつと湧いてくる。隠しカメラを探してそれに目隠しして、キスぐらいしてもバレないんじゃないか。均はいやらしい目できょろきょろと、隠しカメラを探しはじめた。バックミラーの後ろやナビの横などに目を走らせたが、それらしい物体は見当たらなかった。均はふと、中学生だった日々の、あのころを思い出した。悪友と二人で、レンタルビデオ店のエロビデオコーナーに、店員の目を盗んで入りびたっていた。青春の好奇心と背徳のはざまで、自ら己の愚かさに踊らされていた日々……。

「着いたの？」

ふいに女が目を覚ました。均はエロい気持ちを見透かされたようでどぎまぎする。

「あ、ああ。起きたのか。よく寝てたな」

「フガッ」

女は再び白目を開けた。そして再び、いびきをかきそうでかかない、微妙な吐息が続いた。

「……」

なんだ。寝言か？　しかしもやもやした気持ちは、このひと言で吹きとんだ。

「おい、まどか、起きろ。起きてくれ」

均は女を揺り動かすが、女はぴくともしない。

やれやれ……。

均はしばらく女を眺めていたが、一旦車を降りると、助手席側に歩いて回り、ドアを開けた。女は相変わらず気持ちよさそうに眠っている。いびきはかろうじていびきにならず、微妙な寝息を保っている。均は、一瞬ためらったが、女をお姫さま抱っこして、車から降ろした。本当のまどかなら、重すぎてこんなこと出来もしないが、この女は、まるで羽根のように軽い。

「う〜ん……」女がうなった。

「いいとこあるじゃない」

女は均の首に腕をからませてきて、耳元でささやいた。

「あなた、トワレ替えた？」

「えっ？」

「トワレ」

「なに、それ」

「トワレよ、ベルサーチ使ってたでしょ？　なんか、今日、匂い違う」

均は面食らった。トワレとか、香水とか、そんなもの、付けたこともない。

「おまえ、やっぱりおかしい」

あの番組のやとわれ女優なら、だます相手の情報を把握していて、話を合わせるはずだろう。それなのに、この女はなんだ。プロ意識が足りない。

「そうよ。私、今日おかしいの。さっき会社出るとき頭痛がしたから、頭痛薬飲もうと思って、間違えてデパス飲んじゃった〜！」

「でぱす？」

「そうよ。デパスよ。精神安定剤よ。眠剤よ、眠剤。あ、これは……私が常用してること、あなたには言ってなかったわね。フガッ……」

とたんに女は、鉛のように重くなった。白目をむいて、今度はいびきも大音量だ。均は仕方なく、女を抱いたままエレベーターに乗った。顎で六階のボタンを押す。もう夜も十時半を過ぎている。日曜日のこんな時間にエレベーターを利用する者もないだろう。それだけが救いだった。もしこんな状況を——妻以外の見知らぬ女性を抱いているのを——住人の誰かに見られたら、大変なことになる。ああ、そうか、だったら、これはテレビ番組だと、その場で言い訳すればいいのだ。……待てよ。そうすると、俺が気付いていることに番組も気付くことになる。そうしたら、その時点でネタばらしだ。いやいや、むしろそのほうがいい。なんだか、もう疲れてきた。女も重い。しかも変な女だ。わけの分からない薬を飲んで少々ラリっている。

六階に着いた。幸いなことに？　いや、不幸なことに、自宅のドアに到着するまで、誰にも会わなかった。

均は器用に、女をしばらく半立ちにさせて、自分に寄りかからせたまま鍵を開ける。再び女を抱いてドアを開け、部屋に入った。寝室に直行し、女をベッドに放り投げた。

「フガッ」

女は気持ちよさそうだ。スカートから伸びた足をガニ股に開いて、豚かイノシシのいびきをかいている。

均は、寝室のなかを見回した。カメラはどこだ。きっとどこかにカメラが仕掛けてあるはずだが、それが分からない。

「分からないんだ～！」

女がしょうもない寝言を言う。ピンヒールを履いたままだ。均は舌打ちしてピンヒールを脱がせようとする。女がピンヒールのかかとで均の頭を小突く。均は面食らって女の足の間の——マットレスに顔が埋まる。ッドの上に崩れ落ちる。マットレスで鼻がつぶれて息ができない。いや、顔だけでなく体ごとベッドの上に崩れ落ちる。うわっと顔を上げた目線の先に、女の股間があり、レースの黒いパンティーが見えた。均は息が詰まりそうになった。どきまぎしている頬を、女の両手が包み込んだ。女は上半身を起こして、均の顔を見下ろしていた。なんとなく、目がまだヤバイ雰囲気だ。よせよ、と均が右手で払った空間の先に、センサー反応でピンク照明に切り替わるファンクションが付いていた。こんなの、何年も使ってなかったのに……て言うか、こんな機能、あることさえ忘れていたのに……。均が唖然としている間に、女が、均の上に覆いかぶさってきた……。

……悪夢だ。いや、良夢か？　それより、カメラはどうした。カットは入らなかったのか。いくらなんでも、これはまずいだろう。

均は、半分放心していた。いま起こったことをどう受け止めればいいのか分からなかったのと……女の身体が、あまりにも良かったからだ。

熱く包み込まれて吸われて絞めつけられて、とろとろのレロレロにされてしまった。それなのに、なんか男なのに半分犯されたような気分になってしまうのは、あまりにも自分勝手だと均は思う。

女は、形の良い豊満な乳房をさらけ出したまま横たわっていた。例の、いびきになりそうでならない独特の寝息は健在だ。はだけたブラウスの下にスカートはきっちり穿いていて、しかしそのスカートはめくり上がり、むき出しの繁みとその下の脚線美は、芸術的なほど艶めいている。ひざのあたりに黒いレースのパンティーが引っかかっている。結局ピンヒールは両足とも履いたままだ。よくあれで背中を刺されなかったものだと、均はいまさらながら生ぬるい溜め息を漏らす。そしてすぐ、ある考えが頭を巡り、今度は大きく息を吸う。咽喉のあたりがヒューッと鳴った。なぜ、なぜ、もっと早く気が付かなかったのか。均は自分の鈍感さに、脱力感を覚えた。

これはテレビではない！　テレビであるはずがない！　ゴールデンタイムに、この映像は流せない！　均は愕然となる。

一秒、二秒、三秒……。

恐ろしい気付きから、何秒間、そうしていたことだろう。

服を着せたほうがいい……。

とりあえず、均は思った。なぜか自分でも驚くほどスムーズに、みごとな手さばきで、女の乱れた着衣を元通りに出来た。

と同時に、女が目を覚ました。目の色がさっきまでと違う。バーチャルの世界から、本当のリアルの世界に帰ってきた目の色だ。女は、目の前の均の顔をまじまじと見て、目をこすった。そして、顔いっぱいに疑問符を貼り付けたような表情になった。

「あなた……えっ……だれ？」

君の亭主だよ、とはもう言えない。この女がまどかではないのは分かっている。しかしこの女はつい一時間ほど前、「あなたの奥さんよ」と均に言った。いや正確には、わけが分からなくて唖然としている均に向かって「奥さんの顔忘れたの？」と言った。ということは、この女は、車に乗っていた男――均――を、自分の亭主だと思ったということだ。何なんだ、この女。テレビの撮影でも女優でもなければ、いったい何なんだこの女。

「僕は、駅のロータリーで妻のまどかを待っていた。そこに君が急に乗り込んできて、車を出せと言った……」

「……」

女の肩が震え出した。女は床に這いつくばって、何かを捜すような仕草をする。

「何を捜している？」

均は聞いた。

「……バッグ……」

女が答える。

「ああ」

均は、化粧台の上に置きっぱなしになっていた藤色のエナメルのバッグを、女の目の前に差し出した。女はバッグをひったくると、ごそごそと何かを捜している。

やがて女はバッグのなかからショッキングピンクのケースを出すと、そのがま口のふたをパカッと開けて、度の強そうなメガネを取り出した。

「まさか……」

均は目を疑った。一連のこのミステリアスな夜の顛末が、こんな陳腐な落ちなのか……。

女はおもむろにメガネをかけた。そして、もう一度、均の顔を見た。その顔に、驚きと恐怖が表れた。女が口をあんぐりと開けた。

「あなた、誰～～～！」

いや人生とはこんなものか。ドラマの落ちとは案外お粗末なものか。この超クソど近眼女は、いままさに自分のしでかした過ちに、思いっきり打ちのめされていた。

ど近眼なだけではない。聴覚も嗅覚も、十分おかしい。

「ここは、どこ～～～！」

そして当然、頭もおかしい。

女は寝室のなかを歩き回った。ときどき頭や頬に手をあてがいながら、その歩調はどんどんヒステリックになっていく。

「あなた、私に何をしたの〜〜〜！」

均に向けた目が血走っている。

「いや、何もしていない！　薬でもうろうとなった君を、ここで介抱していただけだ！」

均は精いっぱいの口から出まかせを言った。

「薬……？」女が眉をひそめた。

「でぱす、とか、君言ってた」

「デパス……」

女が少し静かになった。

均は、ふと、もう一つ気になったことを聞いてみた。

「途中、コンビニに寄ったよね。あのとき君、目が悪いなんて思えないほど、すいすい店のなかに入ってって、アイスクリーム買ってきたじゃないか。あれはどういうこと？」

「女はだいたい毎日、勘で生きてんのよ。いつも行ってるコンビニなんて、目をつぶってってもどこに何があるのかぐらい把握してるわ」

女は、手のひらを前頭部に当てて、なにやら考え込むような面持ちになった。

「あなた、駅で奥さん待ってたって言ったわよね。そしたら私が乗ってきて、車を出すように言ったたって」

「はい」

「だったら、なんですぐ間違いですって言ってくれなかったの！」

「言った！　言いました！　そしたら君が『奥さんの顔忘れたの！』って怒鳴るから……」

「うちのと同じ色のプリウスに乗って、いつもの場所で待ってたから、てっきり……」

「でも……顔は見えなくても、声で分からなかったん……ですか？」

均が震える声で言うと、女は、ぼそぼそと消え入りそうな声で返した。

「……そっくりなのよ……」

「えっ？」

女の顔が青ざめた。「卑屈さを音で表したような、そのつぶれた、どす黒い声の色が……うちの亭主に……そっくりなのよ……！」

「……」

均は、むっとする余裕さえなかった。

「でも……でも……でも……煙草に火を点けたり、首に手を回したり、何度か至近距離になったのに……」

「女は、目線はそこにあっても、実は亭主の顔なんて、いや、輪郭さえ見てないものよ」

女が自嘲気味に鼻で笑った。

均はあきれて、一瞬息をするのを忘れた。

「タクシー呼んで」女が言った。

「えっ？」

「タクシー呼んでよ！　すぐ帰る」

「送って……」「いらないわ！」

思い切り、食い気味に拒否された。

「あなた！　本当に私に何もしなかったでしょうね！」

女は均をにらみつけてくる。

「当たり前……ですよ」

何かしたのはそっちじゃないか。均は心のなかで抗議した。

「あのバカ亭主！　迎えに来てっていう私のライン、読んでないわ！」

女は、スマホを覗いて毒づいた。そのままタクシーに乗り込んで、去っていった。

とうとう名前さえ聞けなかった。最寄り駅が同じというだけで、どこに住んでいるかも知らないままだ。

均ははたと思って自分のスマホを取り出した。マナーにしたまま着信音も聞こえなかった。まどかからメールが入っていた。

「ごめん、電車のなかでバッタリ旧友に会っちゃった！　偶然の出会いに感動して、飲んで帰る。スゴイね。このバッタリ出会い！　世のなか、何が起こるか分からないね～」

均はため息をついた。

本当に世のなか、何が起こるか分からない……！

天上の涙

「お母さん、なんで泣いてるの？」

稔は、部屋の天井の隅から、母親の背中を見下ろしながら尋ねた。母親は答えない。

稔は壁の時計を見た。午後七時になろうとしている。——ああ、そろそろ塾の時間だ。いやだなあ。また今日も模擬テストだ。つまらない勉強ばかりしていると、なんのために生きているのか分からなくなってくる。お母さんは、いい大学に入って、いい会社に入って、豊かな生活をするためよって言うんだけど、将来豊かな生活をするために、いまは全然豊かな気持ちになれないっていうのは、絶対変だよ——。稔は思った。

「だから、あんなことをしたのかい？」

優しいおじいさんの声がした。

稔はびっくりして振り向いた。いつのまにか、稔は部屋のなかから飛び出して、空の上に浮かんでいた。稔の家や、稔の通っていた中学校の校舎が、はるか下のほうに見える。

おじいさんも空に浮かんでいた。そして、悲しそうな顔で稔を見つめていた。

「僕は、革命をおこそうとしたんだ」稔が言った。

「革命？」

おじいさんが繰り返した。そうして、淋しそうに首を振り、下のほうを指差した。

おじいさんが指差したところには病院があった。不思議なことに建物のなかが透けて見える。病室には、小さな女の子が体にいっぱい管のようなものをつけられて、ベッドに横たわっていた。

「あれはわしの孫だよ」おじいさんが言った。

「心臓の病気でな、まだたった八歳なのに、今日天国に行かなければならないのだ」

「……」稔はびっくりしておじいさんを見た。

「本当はもっともっと生きたかったろうに……」おじいさんは、声を搾り出した。

「あの子は、ほとんど学校に行けなかった。いつも学校に行きたいと言っていた。いつも勉強したいと言っていた。あの子はね、生まれてから一度も、思いきり走ることもできなかったんだよ」

稔は震えながら、今日一日のことを思い出した。下校して、友だちと少しゲームセンターで遊んで、みんなと別れたあと、今日も塾だと思ったら、なんだかとっても嫌な気持ちがしてきて、いろんなことに腹が立ってきて、そして、もう一度学校に戻って……。

「衝動的に、校舎の屋上から飛び降りてしまったのかい……?」

おじいさんが悲しそうに言った。

稔はいま初めて、自分にもう生身の体が無いことを知った。

「――心配させたかったんだ。だってお母さん、僕よりも、僕の成績にしか興味がなくて、いつもいつも怒ってばかりで、勉強できない僕のこと、まるで憎んでるみたいだったんだもの。でも、まさか、僕本当に死んじゃうなんて。こんなに簡単に死んじゃうなんて……」

稔は泣きじゃくった。

「今ごろ泣いても、もう遅い」

おじいさんの顔が厳しくなった。

「わしの孫は、死にたくないのに今日死ななきゃならないのだ。どんなに悲しいか、どんなに口惜しいか……」

稔は地上を見下ろした。稔の母親が、父親が、友だちが、皆泣いていた。悲しみの合唱は大きくこだまして、稔の心を激しく打った。

「おまえは、愛されていたのだよ」

はるか上空から、深くて優しい声が響いた。

稔は驚いてあたりを見回した。周りには誰もいなかった。あのおじいさんの姿も消えていた。

稔は風になっていったん地上に降りていくと、泣き疲れてぐったりしている母親のほほに、柔らかいキスをした。それから天を仰いだ。

「そう、僕は愛されていた。愛されていたんだ。ああ、どうしてもっと早く気付かなかったんだ。どうしてもっと早く……」

稔は冷たい涙を流した。いや、いまはもうその涙さえ、この世に存在するものではなかった。それはまるで天空のちりのように、一瞬きらりと光って、星降る空に消えていった。

真実を語る者

俺はもう一度、目の前の青年を見た。整った眉、しゅっとした顎、細身だが程よい筋肉の存在を感じさせる肩……。いわゆる、最近「イケメン」などと呼ばれる男子の部類に入るであろうこの好青年が、俺の妻を譲ってくれとのたまっている。五十四歳の俺と四十六歳の妻には多少年齢の差はあるが、それにしたって目の前のこの青年は、どう見てもその妻より一回り近く若く見える。

「おたく、年は……？」

「はい、三十二歳です」

ほら見ろ、やっぱり一回り近く……いや、一回り以上違うじゃないか！

俺はもう一度、目の前の青年を舐めるように見た。やっぱり、かなりの「イケメン」だ。俺も若いころはそれなりに女にもモテたが、この青年ほどの美貌はなかったと、変な自信を持って、言える。しかし、三十二歳とは！　俺には子供はいないが、もしいれば、息子と呼んでもいいくらいの年齢じゃないか。そんな恋敵ができるとは、昨日までは夢にも思わなかった。

――恋敵？

はたしてこれが、恋敵と言えるのか。ブスでブタでバカな妻を、俺はこれまで一度も愛おしいと思ったことがないのだ。愛おしいと思ったことがない女と、その女を好きだという男……。そんな男とこの俺は、はたして「恋敵」なのだろうか……。

「――妻とは、どこで知り合ったんだ？」俺は訝しさを無視できずに聞いてみた。

「アドラー心理学セミナーです」

「あど……？　なんだ？　そりゃ」

「M区文化センターで去年開催された教養講座です。そこで、奥様と知り合いました」

教養講座だと？　食うこととテレビを観ることしか興味のないあの頭の悪い女が、そんな洒落たものに参加するわけないだろう。俺は青年をにらみ返した。

「おたく、誰かとうちの女房を間違えてないか？」

青年は一瞬たじろいだが、すぐに冷静な顔に戻り、スマホをテーブルの上に差し出した。待ち受け画面に、妻の野乃花の醜い顔が笑っている。くしゃっと音の出そうなほどの笑顔だが、しかし顔のつくりのせいで、その笑みはまるでトドのようだ。青年はトドを愛おしそうに見つめながら、俺に深々と頭を下げた。

「お願いします、片桐さん。奥さんを、僕にください」

この野郎。お父さん、お嬢さんを僕にくださいみたいな口調で来やがったな。俺はしゃくに障って、目の前の紅茶をぐぐっと飲み干した。そして、スマホのトドを再度見る。醜い。しかし愛嬌はある。見る角度によってはつぶらな瞳だ。

俺は青年とトドを交互に見やり、深い溜め息を吐いた……。

野乃花とは、婚活サイトで知り合った。四十を過ぎてもふわふわと漂うように生きていた俺は、自分の利益だけを考えて、行き遅れの野乃花と結婚することにした。野乃花には、人のために尽くすことで幸福感を得られるという、ある種、病気とも解釈できそうな妙な「癖」があった。

俺は、野乃花のその「癖」を利用した。野乃花の実家には、多少の財産もあった。事務職をしていた野乃花には定収入もあった。俺は金蔓と家政婦を、同時に手に入れた。

結婚生活二カ月目から、俺は外に女をつくった。野乃花という港があればこその渡航だった。野乃花は俺に惚れている。俺は何をしても、この女には許してもらえると思っていた。

それなのに……。野乃花が外に男だと？　しかも俺より数倍若くていい男じゃないか。

俺は、生まれてはじめて、嫉妬という感情を覚えた。

「野乃花さんは、僕のことを、決してあなたには話さないでしょう。今日僕があなたに会いに来たのも彼女は知らない」

「野乃花の、どこにそんなに惚れたんだ？」

俺がかすれた声で訊ねると、青年は下を向いて、照れた。照れて、ずっと黙っている。沈黙が、不快だった。

やがて青年はぽつりと口にする。「体が、とても、なめらかで……」

はあ？

「なめらかな肌も……吸いつくような、体の奥も……すべてが、僕は、好きなんです！」

俺は、言葉を失くした。野乃花の体は、そんなによかったか？　最後にあの女を抱いたのは、いつだっただろうか……。

野乃花の男だというその青年・マサキの存在を知ってから、俺の心はざわついていた。もしかしたら、俺は野乃花に捨てられるかもしれない。マサキは結局、結論を出さずに、その場は去った。しかし背中は、ターミネーターのアーノルド・シュワルツェネッガーよろしく、I'll be back! と言っていた。

「野乃花、俺に何か隠してることあるか？」

思い切って聞いてみたことがある。夕飯に使う大根をさくさく切りながら、野乃花の手元が、一瞬止まった。細い目の奥に、かすかに戸惑いの色が見える。

「いやねえ。急に、何を言ってんだか……」

再び包丁を動かし始めた野乃花。その額の汗が、異様に艶めいて見えた。

不本意ながら、俺は、野乃花のすべてを窺うようになった。この女が何を思い、何を喜び、何を感じているのかと、思いを巡らすようになった。久しぶりに体を求めてもみた。悪くはなかったが、マサキが言うようなめくるめく感覚はなかった。

しかし、マサキの言葉がよみがえる。

「野乃花さんは、もはやもう、あなたの前では本当の自分を見せない。あなたは彼女の、ほんの一部しか知らない」

俺は、のたうち回るような嫉妬を覚えた。

「あなた、最近優しいのね。浮気でもしてるの？」

茶化すように言った野乃花を、俺は、愛をこめて抱きしめた。

マサキからの情報で、野乃花の第三の男の存在を知ったのは、つい最近のことだ。フレンチレストランのオーナーだと言う。直談判に行くつもりだというマサキを制して、俺はその店に赴いた。洒落たガラス張りの店の奥で、なんとかというタレントグループのリーダーにそっくりな、オーナーとおぼしき男と談笑する野乃花を見た。俺には、店の外からガラス越しに、彼女を見守ることしかできなかった。胸が張り裂けそうだった。


「野乃花。俺のこと好きか?」

夕食に使うピーマンをさくさく切っている野乃花に、唐突に尋ねてみた。野乃花の手元が一瞬止まる。一秒、二秒、三秒……。思わせぶりな沈黙のあと、野乃花はくっくとリスみたいに笑った。

「何を言ってんだか……いまさら……」

明確な答えも聞けず、ピーマンを切るリズミカルな音だけが、俺の耳をまさぐった。

その名の通り花のように美しい女だと、俺は妻を見つめ続けた。


マサキは、母の墓前に、丁寧に手を合わせた。中学校教師をしていた母が、定年を待たずに急逝したのは五年前のことだ。「教え子で気になる子がいるの」と、母には前から聞かされていた。

「とてもとても綺麗な、水晶のような心を持った女の子なの。ただ、心が美しすぎて、他人に利用されながら生きていくんじゃないかと思ったら不憫で……」

それが野乃花だ。

確かに、男を見る目はないようだ。母には学生時代に荒れてずいぶん心配をかけた。親孝行したいときには親は無し……を地で行くマサキには、母の遺志を少しでも慰めることが、親不孝した自分の、母に対する罪滅ぼしだという気がしていた。

野乃花とは、口を利いたこともない。

野乃花の亭主は、性格も悪ければ頭も悪い単純野郎だった。あの亭主の変わりようを目にするときの快感は、いったい何だったのだろうか。策士の自分への恍惚感か、それとも母と同じ人助けの血が、自分のなかに少しでも芽吹いていたのだろうか。アドラーも、共同体としての自分の役割に幸せがあるとのたまっている。いやあれは、別の哲学者の話だったか……。

マサキは、自嘲気味に微笑むと、缶コーヒーのプルタブを抜いた。

「乾杯だ。母さん……」

「俺に何か隠してることあるか？」

夫にそう問い詰められたとき、野乃花は心臓が飛び出るかと思った。夫に隠れて行っていたフレンチレストラン。あの絶品の味を独り占めしていた罪悪感が、野乃花の口を重くした。なんとか誤魔化せたかしら……。そう思いながら、野乃花は今日も、夕食に使うキャベツをさくさく切っていた。

夫が愛おしそうな目で、野乃花の働く様を眺めている。

真実を語る者。それは時に無口で嘘つきだ。真実は、大根やピーマンや、あるいはキャベツのなかにある。

憂う

正志は嘆息を漏らした。やはり安祐美は、自分を許してくれていない。カメラマンとして、プロとは名ばかりのまま、大黒柱の座は妻の安祐美に譲ったまま、もう何年、自分は同じところにいるのだろう。

1

「マサちゃんは、自分に甘すぎなの。もっと自分を追いつめるくらいの気概を見せたら？」

さっき聞いたばかりの安祐美の檄が耳をかすめる。そんなこと、俺だって分かっているさ。女のくせに、男の仕事に口出しするな。古臭い心の叫びを咽の奥に押し込み、正志は仕事道具を担いで家を出た。

ブスなモデルがブスなポーズで恍惚としている。正志は自分に嘘をつき、ブスなモデルを褒めながら、小刻みにシャッターを切っていく。これが今をときめくファッション誌の仕事ならまだマシだが、地元のスーパーのチラシの依頼とくれば、溜め息だってつきたくなる。安祐美、おまえ知ってるか？　俺はこんなところで、こんなことをしているようなタマではないんだ。知ってるわよ。私がこうと見込んだから、私はあなたを伴侶に選んだ。

　本当は、ピューリッツァー賞を狙えるほどの、報道カメラマンになるはずだった。


「パパ、帰りに豚バラ三〇〇と、白菜半株よろしくね」

　今日も安祐美は当然のような顔をして、正志に夕飯の食材の買い物を頼んだ。カメラ機材を持ちながら、スーパーの冷房全開エリアに足を踏み入れるのは、機材の質を悪くしそうで、あまり気の進まないものだったが、正志に反論できる術はなかった。

　広告の品を探しながら、正志は野菜売り場を歩いていた。ふと何かテレパシーのようなものを感じて、正志はそっちに目線を移した。

　顔立ちの整った、栗色の巻き毛の、派手なフリルのワンピースを着た、ザ・アラフォー美魔女がこっちを見ている。はて、安祐美の知り合いだろうか。しかし娘の怜奈は幼稚園だ。そのママ友にしては、少し年が行き過ぎている。正志は気のせいかと苦笑いをして、白菜の棚に手を伸ばす。白菜をつかんだ正志の手に重なるように、女の手が伸びてきた。正志はあわてて手を引っ込める。手を伸ばした女と目が合った。やはり、さっきのアラフォー美魔女だ。

「すみません」

正志は訳もなく謝った。

「カメラマンさんね」

女は派手な色の紅を塗った大きな口を思いっきり横に広げて笑顔をつくった。口角が不自然にめくれあがっている。そのくせ目じりのシワを気にしているのか、口の開き具合とは不釣り合いなほど、目は笑っていなかった。

「えっ？」

正志はポカンとした。

「前に、仕事でご一緒したじゃないですか。お忘れになったの？　いやだわ。淋しい……」

女は大げさに眉を下げた。しぐさの一つ一つ、物言いの一つ一つが、なんだか芝居がかって見える。

「……」

正志は、どうしても女のことが思い出せない。このけばけばしさからいって、バースナックのママだろうか。そういう店の仕事を請け負った覚えは無いが。

女は正志を下から見上げて、目を細めた。

「私、モデルですのよ。先日、新しくできたアミューズメント施設のパンフレットを作るのに、先生に写真を撮っていただきました」

そう言って、正志の次の台詞を待っている。先生と呼ばれるのには多少抵抗があるが……ああ、思い出した。友人の紹介で新装開店のカラオケ店のチラシの撮影を引き受けたことがあったが、そのとき、店主がコネで集めた素人モデルが十人ほどいたっけ。みなそれぞれに、統一性のない衣装を着て、それぞれに音のはずれた歌を、それぞれに自己陶酔に浸りながら歌い、正志はその様子を、もくもくと撮影した。カラオケ店は、歌唱教室も併設するということで、その生徒集めの意向もあったのだろう。店主がやたらに、「彼女たちを魅力的に、より魅力的に撮ってあげてください」と力説していた。

「今日は、どうなさいました?」

正志は早口で女に尋ねた。早く白菜をつかんで野菜売り場から立ち去りたかった。

「次のモデルのお仕事は、いついただけますか?」

女は目を潤ませて正志を真っすぐ見つめている。

正志はとまどった。彼女の誤解を解かなければならない。

「僕には、そんな権限はないんですよ。僕はただ依頼されて、パンフレットに使う写真を撮っただけなので」

「あら、先生に頼めば、また次の仕事をいただけるとばかり思っていたのに」

女は口惜しそうに唇を噛む。

「お力になれず、すみません。そういう話は、モデル事務所のマネージャーになさったほうがいいと思います」

「マネージャーなんて、なんにもしてくれやしないわ。高い授業料払ってウォーキング教室や表情勉強会にも行ったのに、結局ほとんど仕事なんて来ないんですもの。授業料、そっくりそのまま返してほしいくらいだわ」

「あなたくらい美しい方だったら、そのうちたくさん仕事が来ますよ。では、失礼」

正志は足早に立ち去ろうとした。

「待って」

女が正志の腕をつかむ。

正志は驚いて女を見る。その必死の形相に、正志は少し恐怖を覚える。

「お話がありますの。いえ、お話というよりご相談が。でも、ここでは、ちょっと……」

そっけなくすると、なんだかあとが恐そうだ。正志はそう思い、とりあえず夕食の買い物は後回しにして、女の話を聞くことにした。スーパーを出てすぐ左に、小さな公園がある。正志は女をそこのベンチに座らせ、自分は重いカメラ機材を抱えたまま、立ったままで、女に話を促した。

女はやはり勘違いをしていた。正志はその女にまず、おしゃれするのにお金がかかりすぎて実は金欠だ、モデルの仕事の要求はしないから自分の体を買ってくれと言われ、断ると今度は、じゃあ金は要らないから、とにかく体だけ買ってくれと言われ、金は要らないんだったら買うとは言わないだろうと、心中突っ込みを入れながら、いったいこの女が何をしたいのか、何を求めているのかよく分からないまま、気がつくと女を振り切り、夢中になって走っていた。

進行方向に、歩道橋があった。夕日で逆光になっている。正志はその歩道橋の上に、細くて小さなシルエットを見た。そのシルエットが正志に手を振った。正志は息をつきながら、そのシルエットを見つめた。

歩道橋の上のシルエットは安祐美だった
「マサちゃん、女の人に追いかけられてたね。フフフッ……」
「違うんだ、安祐美。あの人は……」
「知ってるわ。こないだ仕事で一緒になったモデルさんでしょ？　何勘違いしてるのよ。私、なんにも疑ってなんかないわよ。もう、変なパパ！」

安祐美は腹を抱えて笑いこけた。

「女房の妬くほど亭主もてもせずって言うじゃない？　あははは……。さ、パパ、帰ろ」

そう言って正志の腕に自分の腕をからませてくる。

二人はそのままスーパーに入り、さっき正志が買いそこねた食材を買って帰ってきた。

正志の災難は、さっそくその日の夕餉のおかずになった。

土鍋のなかで、ダシの香りに満たされた豚バラ肉が煮えている。くたくた白菜の横で人参やシイタケ等も彩りを添えている。これを安祐美は、すり胡麻と柚子胡椒を添えて勢いよく口のなかに放り込んでいく。

大きな荷物を抱えて全速力で走る変なおっさんを見たと思ったら、それがマサちゃんで大爆笑したと、安祐美は旺盛な食欲を見せながら、屈託なく思い出し笑いをする。

正志は、苦笑するしかなかった。

手のひらの上で転がされている気分だ。

正志と安祐美の年の差は六歳あったが、こうなるとどっちが年上だか分からなくなる。

俺はいつから、安祐美のペースに乗せられるようになったんだろう。正志は思う。主導権を握っていたのは自分だったころも、たしかにあった。

歯車が狂いだしたのは、そうだ。娘の怜奈が幼稚園に入ってからだ。安祐美は、市が運営する無料の自己啓発セミナーとやらに行き始め、それから自己実現がどうたらとか言ってパートを始めた。そのあたりだったろうか、こいつが俺にはっぱをかけるようになったのは。正志は苦い思い出に、胸がちくちく痛んでくる。女房は女神か死神か。

正志は学生時代、ジュニア報道部門でそこそこ大きな賞を獲っていた。それを支えに、大学卒業後、写真学科の充実しているカレッジに入りなおした。しかし卒業しても、仕事は思うようには入らなかった。学生時代の受賞歴など、何の役にも立たなかった。地元の写真館の助手として、雑用係に甘んじていたころ、安祐美に出会った。

朝、出勤前に被写体を求めて、街を散策しているときだった。

安祐美はあのとき、きらきらと輝いて見えた。坂の上にあるお嬢様学校の制服を着て、スキップをするような軽やかな足取りで、正志の前に現れた。霧雨みたいなものが降っていた。通学途中だろうに、安祐美は傘をバトンのようにくるくる回して遊んでいた。雨しぶきをもろに浴びながらも、茶色のストレートヘアは、空気を含んでさわやかに揺れた。正志は彼女にくぎ付けになった。雨のプラズマに反射する、天使を見たと正志は思った。それが、間違いだったのか。

その場でモデルを頼み、快く承諾してくれた清らかな娘は、月日が経つごとに、強さばかりが表に立ち、出会ったころの柔らかさなど、あとかたもなく消え失せた。

個展を開いてみたらとか、プロも参戦できるコンテストに参加してみたらとか、やたらとこっちの尻をたたきやがる。世のなか誰もが自分のように正々堂々と生きているわけではないんだということを知らない。男のデリケートさとロマンチックさを知らない。なによりも、自己実現とは、自分のなかで完結するものだということを知らない。


「写真教室を始めたらどうかと思うんだけど」

安祐美が弾んだ声で言う。

ああ、またかと正志はうんざりする。

この話は何度となく安祐美の口から語られ、またそれと同じだけの回数、正志によって却下されていた。

「駅前の市民プラザの貸し教室、なんと実は賃料、思ったよりずいぶん安いのよ。私パソコンでササッと気の利いたチラシ作るから、先生として、やってみない？　人に教えることで、マサちゃんも基礎に立ち返って何か新しいことを発見するかもしれないし、それが、マサちゃんのこれからの仕事にも、プラスになるかもしれないじゃない」

「俺は、先生なんて呼ばれたくないんだよ、偉くもないのに。ほら、よくいるだろ。市民祭りのスタッフに名前覚えられてないから『先生』って呼ばれてるだけなのに、意気揚々と『はいはい』なんて返事してる勘違いなシロウト演出家とか」

「マサちゃん、言うね。でもね、私、学生時代に演劇部に入ってたっていうだけで、近所のおばちゃんたち集めてお金取って朗読教室開いてる人知ってるわよ。地方の俳優養成所出たっていうだけで、カルチャーセンターで演劇教えてる人だっている。要は、場所があって、賃料払って、そこに生徒が一人でもいれば、誰でも先生を名乗れる時代なのよ。そこへいくとマサちゃんなんか、中央のちゃんとした学校出てるし、全国区で名のある賞も獲ってる。大威張りで先生って呼ばれる価値のある人だと思うわ」

「だから俺は、そういうのは嫌なんだって言ってるだろ。生徒取って教えるようになったら、おしまいだって思ってるんだ」

「なんで？　マサちゃんの言ってること分かんない。それって、宝の持ち腐れって言うんじゃやない？」

「俺の目指すものと、おまえの目指すものは違うんだよ。とにかく、嫌なものは嫌なんだ。もう二度と、こんな話はしないでくれ」

あの口喧嘩ばかりだった日々も、いまとなっては懐かしい。
正志は、暗い天井を見上げながら、再び溜め息を漏らした。

あれは取材旅行だった。そう、たしかにそうだった。俺は心機一転を図って、取材旅行に出掛けたのだ。行先は東南アジアの、とある国と決めていた。そこに、俺のクリエーターとして目指す材料があるはずだった。女房にケツを叩かれたからじゃない。あせって、ただ目的もなく旅立とうとしたわけじゃない。機が熟せば、自然と感覚が研ぎ澄まされるものだ。俺は、自分を信じていた。
飛行機の窓からその国の骨格が見えてきたとき、俺の胸は高鳴った。空港に降り立ったとき、間違いなく伝わってくるその国の息吹を感じた。取材先のその国は、じっとりと湿気を含んだ灰色の空気に覆われていた。俺は早速ロケハンに赴いた。土ぼこりが、俺の乗ったジープのタイヤにまとわりついた。俺は、熱を帯びた錆色の汗を流す。褐色の肌の人々が、ある者は足早に木製のリヤカーを引き、ある者は完全にリラックスして道端で茶をすすっている。ゆらぐ空気と、果実の匂い。俺はそんなものを肺に吸い込み、一瞬、軽くむせそうになる。そのとき、熱写の対象物が、目の横を通り過ぎた。鋭くカーブの曲線をつくり、俺はアクセルを踏み込む。常夏の太陽が、容赦なく照りつける。俺は軽いめまいを覚える。いま、自分が躍動しているという充実感。夢に向かって走り続けているという満足感。俺の望むものすべてが手中に入ろうとしている高揚感。俺は万能だった。目の前に、希望の美しい光が見えた。あの光を捕まえれば、俺は永遠になる。俺の志は、永遠になる。俺は、勝利を確信した。

2

藤堂は、ジャケットの襟を正した。

目の前の金属製のドアを、遠慮がちにノックする。少し息が苦しくなってくる。しかし彼はその息苦しさに耐えながら、部屋の主がドアを開けるのを待っていた。

藤堂は、保険の調査員をしている。生命保険会社内にある特別査定部門だ。保険契約者死亡で、受取人に満額の保険金が下りる場合、その金額が妥当か否か、受け取るに至った経緯が正当か否かを調査する要員だ。その藤堂のもとに、ある保険金受取人から連絡が入った。過去に、夫の不慮の事故で、相当額の保険金を受け取った妻からだった。調査時には何の不備もなく、保険金は年金形式で毎年支払われており、裁量にも特に落ち度はないはずだった。

やがて重いドアが静かに開いた。化粧っ気はないが顔立ちの整った、美しい女性が顔を出した。

保険金受取人の、室川安祐美だった。


「もう何年になりますか？」藤堂が遠慮がちに尋ねた。

「もう三年……いえ、三年半になります」

安祐美が答えた。

「早いものですね……」

「……」

二人の間に沈黙が流れた。テーブルに置かれた湯呑のなかの茶は、もう湯気を立てていなかった。

「ところで、さっきのお話ですが……」

藤堂は、カバンのなかから保険証書のコピーを取り出した。沈黙の室内に、紙のすれる音だけが響いた。

「私共のところで再度確認いたしました。奥さまは、これまでどおり、保険金を受け取り続ける資格をお持ちです」

安祐美は一瞬、外国語を聞かされたように、理解できないといった顔をした。

「いいえ、そんなはずはないわ。だってあれは……実は、目に見えていた現象とは、違う真実を持っていたんですから」

今度は藤堂のほうが、理解できない外国語を聞かされている気分になった。

「ご主人は……、事故……だったんですよね？」

安祐美は、小ぶりな急須を持ったまま、いったん席を立った。キッチンに赴き、茶を淹れなおしている。それからゆっくりと方向転換して、リビングに戻ってきた。

「どうぞ」

急須の口からポコポコと、薄緑色をした透明な液体が、湯呑のなかに注がれていく。

茶を全部つぎ終わってから、安祐美はようやく口を切った。

「ええ、藤堂さんもご存じのように、表向きは、そういうことになっています……」

「えっ？」

「事故です……事故と思いたいです。でも……」

安祐美は目を伏せた。

「分からないんです。分からなくなったんです。本当のところはどうだったのか……」

再び沈黙が流れた。

「ご主人が、わざと奥さんとお子さんを悲しませるようなことをなさったと……？」

藤堂がつぶやく。

「あの人は……」

安祐美が繋ぐ。

「心の奥では、心の奥の奥のほうでは……本当は、生きていたくなかったんじゃないでしょうか……」

藤堂は驚いた。

「なぜそんなことを言うんです。奥さんの言ってることの意味が分からない」

安祐美は目線を窓の外に移した。高層アパートのリビングから覗く山の景色は、どこまでもゆったりとして、人間の些細な迷走など、一笑しているように見えた。

安祐美は静かに口を開いた。

「『教育虐待』って言葉、聞いたことありますか？」

「え？　何ですか？　教育するのが、虐待ですか？」

「ええ」

安祐美は、悲しい微笑みをつくった。

「教育という名を借りた、れっきとした虐待です。最近になって、専門家の間で言われるようになった言葉だそうです」

安祐美はゆっくりと、茶を一口すすった。茶がよほど苦かったのか、安祐美は少し、唇をゆがめる。それから、言葉を続けた。

「親が子供に、勉強を無理やりやらせて、子供が親の思う通りに勉強しないと、失望の溜め息を漏らしたり、モラハラに走ったり……これは、文字通り暴力を振るう身体的虐待や、育児放棄のネグレクトと並んで深刻だと……」

安祐美は、大きく深呼吸をした。それから、今度は顔を上げて、真っすぐに藤堂の目を見て言った。

「私がマサちゃんにやっていたのは、本当は、それと変わらなかったんじゃないかって……」

藤堂は、大きく首を振った。

「そんなことないと思います。第一、奥さんはご主人の保護者でも母親でもない。ご主人を教育する義務もない。それどころか、奥さんはとても素晴らしい形で、ご主人を支えていらしたと聞いています。ご主人の才能を信じて、ご主人がご自分の力を発揮できる場を、一生懸命提供しようとなさっていたと。それのどこが虐待なんです。どこの誰が、そんなことを言ってたんです！」

安祐美は力なく笑顔をつくった。

「いいえ、誰も。何も言いません。それどころか、友だちはみんな、私を、良妻賢母の鑑みたいに言うんです。でも、私には、それが辛い……。夫を死への誘惑に向かわせたのは自分かもしれないのに。誰にも何にも言われなくても、私がいま、一番、そう感じているんです」


違う、違う、違うよ、安祐美。俺は、自殺なんかじゃない。あのときは本当に疲れていて、本当に、ただ少しだけ眠りたくて……。

「だから、深夜に車を飛ばしたのか。取材旅行だと嘘をついて、女房と子供をほったらかしにして、逃げ込める場所を探していたのか」

違う、違う、違うんだ。

「少しだけ眠りたかった？　違うだろ？　本当はずっと、心地良い繭のなかで眠り続けたいと思っていたんだろ？　眠り続けて、もう二度と、目覚めたくなんかないんだと」

「女房を言い訳にするなよ。夢を隠れみのにするなよ。おまえはもう、ずいぶん前から、本当は死んでいたのさ」

　聞き覚えのある男の声が、正志の脳裏にこだました。自分の声によく似ているなと、正志は思った。


「たしかに、生活は楽ではありませんでした。カメラマンとしてのあの人の収入だけでは……。私、内緒で実家の親にときどき援助をお願いしてたんです。それと、私が働いていたころの貯金を取り崩したりして。カメラマンとしてあの人が大成するように、いつの日か、取材旅行で危険な地域に行っても大丈夫なようにと、保険の事故特約だけは大きいのを掛けていたのですが、まさかそれが、こんな皮肉な形で娘と私を救うなんて……」

　安祐美は泣いた。

　藤堂は、かける言葉を失った。

　安祐美を受取人にして掛けられていた正志の保険は、契約から一年以内の自殺に関しては、保険金は下りない規定になっていた。しかし保険期間は、規定の枠をちゃんと超えていたのだ。

「それだけ長い間、私はマサちゃんを苦しめていたということなのね……」

安祐美の悲しみは止まらなかった。

三年半前、正志の車は、居住区からしばらく行った山のなかで発見された。空港に向かう道とは反対方向の、何の変哲もない、ひと気のない小さな山道だった。

3

安祐美は、寝室のライトを消した。怜奈はすやすやと、規則的な寝息を立てている。安祐美は月明かりのなか、寝室の隅に置かれたデスクに近付いた。

「パパ、おやすみなさい」

安祐美が正志を正面から見つめて、その眼を潤ませている。

美しい女だ。

正志は心の奥で溜め息を吐くと、愛しい妻を抱きしめようとした。そしてそのとき、ようやく気付いた。自分にはもう、妻を抱きしめる腕が無いことを。腕だけではない。肩も胸も二本の足も、自分には、とうの昔になくなっていたことを。

安祐美は正志のカメラを抱いた。正志の魂が閉じ込められたカメラを、安祐美は大事そうに両手で抱き、優しく優しくその手で撫でた。

正志の魂はカメラのなかで、喜びと悲しみの涙を流した。物理的には何の要素もない、無垢な白い涙だった。


正志のカメラは、添えられた花とともにそこにあった。暗い天井を見上げて、デスクの上で溜め息をつくように。

妻は自分を許してはいないと、相変わらず出口の見えない自意識に苦しめられるように。

漆黒のボディに憂いだけを漂わせて、ただ、そこに沈黙していた。

リンケージ〜連鎖〜

大都会の片隅。

とある公園の池の畔に、一匹の蛙が棲んでいた。なまぬるい水面には、エサになる虫が時どき落ちてきたし、たまに人間の子供がやってきては、スナック菓子の欠片を投げてよこすこともあった。

満腹した脳みそは、堕落していた。それでも蛙は、錆びかけた頭のなかで、ごくたまに「思考」らしきものがぬらぬらとうごめくのを感じていた。

少し前、蛙は鳥だった。都会の住宅街に巣食う嫌われもののカラスだった。ゴミ置き場に張り巡らされたネットの間を爪で引っかいては、ビニール袋のなかの腐りかけた肉片を突っ付いて食っていた。

エアガンで狙われて羽に傷を負い、そのまま飛べなくなって、ビルの谷間で飢えて死んだ。

その前は猫だった。亭主の留守中に若い男を家に引きずり込んで情事を繰り返すような女に飼われていた。女が夫の前で貞淑そうな妻を装うたびに、飲み込んだ毛玉が気持ち悪く咽もとまで突き上がってきた。

ハエを追って家のプールサイドで遊んでいたとき、足を滑らせてプールに落ち、水を沢山飲んで溺れて死んだ。

何代か前は人間だった。人生の失敗をすべて社会のせいにし、腹いせに公園の池で蛙を捕まえては、アパートの部屋で手足を千切ってほくそ笑んでいた。

コンビニで買った焼酎をがぶ飲みして酔っ払い、夜中、道路に大の字になって寝ていたところを、大型トラックに轢かれて死んだ。

蛙はうつらうつらしていた。

今日の夜明けはピンク色で、いつになく綺麗だ。まどろみの頭でふとそう感じたとき、突然白衣の男に網ですくわれた。

止まりかけた「思考」の奥で、蛙はくぐもった声を聞く。

「先生、数が揃いました」

「よし、大切なサンプルだ。実験まできちんと保管しておいてくれ」

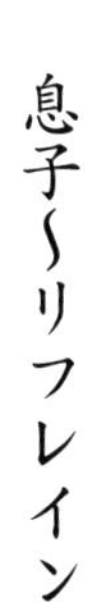

息子〜リフレイン

1

息子が消えた。

ある日突然、まるで神隠しに遭ったように消えてしまった。

残業を終えて帰宅した美沙は、ほとんど本能といってもいい感覚で、それを理解した。

美沙が夕飯用に作っておいたチャーハンもそのままにして、読みかけだった外国もののミステリー小説も開きっぱなしにして、まるで、ふと思いついてコンビニにコーラを買いに出たような様子を残したまま、高校生の息子・遥輝（はるき）は、いなくなってしまったのだ。

美沙は、悪夢なら早く覚めてくれと思った。家出をしたのなら、それだけでも伝えてくれと思った。母一人子一人の家庭で、美沙は決していい母親ではなかったけれど、だから家出をしたいのなら、それはそれで仕方ないと諦めることもできたけれど、こんなふうにある日突然、何の前触れもなく事を起こすなんて、それはあまりに理不尽だ。

夜十時を過ぎていた。美沙はまず、遥輝のスマホに電話をかけた。留守電になっていた。メッセージを吹き込み、メールを残し、次に親友の和成君に電話した。和成君は何か取り込んでいたらしく、荒い息遣いのまま、めんどくさそうに知らない旨だけ伝えると、次の作業に早く取り掛かりたい様子で、無造作に電話を切った。

落ち着け、落ち着け。美沙は一旦、胸元に両手を添えた。遥輝はもう十七歳だ。そして、名門私立高校に通う優等生だ。母子家庭の美沙宅に、そんな授業料を払う余裕はないが、入試時学年一位の成績だった遥輝は、特待生として、授業料免除の待遇を受けている。そのことを誇りに思うと何度も息子に伝えていたが、まさかそれが、変なプレッシャーになっていて、急にぷつんと何かが切れてしまったというようなことはないだろうか。

美沙はここ最近の遥輝との会話を思い出そうとした。

「俺の声が聞こえる？」

遥輝が深い溜め息とともに吐いたあの言葉……。その音声の断片が、美沙の脳裏をかすめていった。「俺の声が、聞こえる？」

ええ、聞こえるわ。聞こえているわ。だから今、何とかあなたに伝えようとしているの……。

美沙は音もなく吐息を漏らした。

2

遥輝を身ごもったとき、美沙はまだ結婚していなかった。しかしそんなことは関係なかった。遥輝を産むことに、迷いはなかった。いや、もしかしたら美沙は、図らずもこうなることを、潜在意識の奥で、望んでいたのかもしれなかった。こういうことにでもならなければ、自分の人生に踏ん切りを付ける自信がなかったのかもしれない。

遥輝の父親・登紀夫には、最初から言うつもりはなかった。外資系の大企業に勤め、エリート意識の強い登紀夫は、女性を軽視しているようなところがあった。表面的には、女性のよき理解者であるという顔をして、フェミニズムにも明るいふりをして、実は誰よりも、差別主義者だった。それを知らずに付き合い始め、年月をかけてやがてその化けの皮が剝がれたときに、美沙は冷たく自分から別れを告げた。

すっきりした。

万事が上手く行ったと思っていた。

それから二カ月後、妊娠が分かった。

産婦人科でエコー検査を受け、「宿っている」と言われたとき、美沙は単純に嬉しかった。父親が、もう嫌いになった男だとか、結婚していない今の状況がどうだとか、そんなものは、どうでもよかった。

「嬉しい……」

ただ、ただ、それだけだった。

人体の不思議を思った。世界の不思議を思った。何もない漆黒の宇宙から生命が誕生する神秘を、無のなかから有機物が発生する奇跡を思った。そこにはただ、感動しかなかった。

何の力もない若い女性が、一人で子供を育てていくことが、どんなに苦しく大変なことか、そのときの美沙には想像すらできなかった。

美沙は、それほど若く未熟で、純粋だった。二十四歳だった。

3

四十二歳の美沙は、荒れた自分の掌を、溜め息混じりに見つめた。洗面所に行き、鬆の入った鏡に自らの姿を映し出す。かつて美少女と言われていた容姿は跡形もなく、今はただ、実年齢より二つ三つ老けた女がそこにいる。

昨夜、遥輝はとうとう帰ってこなかった。帰ってこないということは、美沙も心のどこかで感じていた。不思議なことだが、いつかこんな日が来るのではないかと、美沙はずっと前から、心の端で覚悟していたような気がする。それがどうしてかと問われたら、答えに窮してしまうのだが。

子供を産んだ。自分一人のエゴと驕りで。

親は誰でも、多かれ少なかれ、子供に対して負い目を感じているのではないだろうか。こんな世のなかに産み落としてしまった。こんな自分が育ててしまった。未熟で不完全な自分などが、不用意に人の親になってしまった。それだけで、それはもう罪と呼べるのではないのだろうか。だから、いつか罰が下る。思いもかけない形で、ある日突然。

美沙の恐れは、現実のものになった。

胸の奥に、苦いものがこみ上げてくる。背中から、黒い霧が覆い被さってくる感覚に包まれる。

美沙は、霧のなかを手探りするように、歯を磨き、顔を洗った。

職場には、とりあえず欠勤の電話を入れた。仕事は貴金属加工メーカーの事務職だが、比較的融通の利く部署である。美沙はわざとらしく咳をしてみせ、気管支と関節に来る風邪のようで体の自由が利かない、二、三日休養を取らせてくれと申し入れた。電話に出た年配の事務員は、倉本さんも元気そうに見えてももうそれなりの年なのね、体は大事にするようにねと、なぜだか嬉しそうに電話を切った。

さて、素人にわか探偵の誕生である。美沙はわざとおちゃらけて自分の心を奮い立たせ、遥輝の机の引き出しを開けてみた。学校の教科書や参考書、辞書、合成皮革の表紙の分厚いノート、学校のイベント関係のプリントなどが出てくる。それらのものを整理しながら、美沙は、罪悪感と羞恥心で、背中に気持ちの悪い汗をかいてくる。いくら手掛かりを探るためとはいえ、もう十七歳にもなる息子のプライベートを、無作為に荒らしてしまっていいのだろうか。そんな自己嫌悪にさいなまれる。

　機械的に手を動かしながら、昔友人の沙也加に聞いた話を思い出す。沙也加は、会社の寮でふざけて飲みすぎて、急性アルコール中毒になってしまった。意識混濁になった沙也加を病院に連れて行こうと、同室の先輩や同僚が骨を折ってくれたのはいいのだけれど、健康保険証を捜して、数人で、沙也加のタンス、ロッカー、バッグ、ベッドの裏、布団のなか、はては避難袋のなかまで、家捜し（やさがし）したというのだ。酔って眠っている沙也加には、もちろん何の断りもなく。

　病院で一泊したあと寮に帰った沙也加は、ベッドのマットレスの間に隠していた男性ヌードの写真集も、枕カバーのなかに隠していた豊胸のエクササイズ器具も、無造作にテーブルの上に置かれているのを見てゾッとしたという。健康保険証などは、緊急のときには無くても大丈夫だと、沙也加は聞いたことがあった。後日持参しても、十分控除は受けられると。それを誰も知らなかったというのだろうか。人助けという大義名分のもとに、正々堂々と他人のプライベートをひっかきまわせる快感を、そのときの数人は味わったのではないだろうか。もちろん助けてもらった沙也加に彼女たちを非難する術はなく、沙也加はしばらく、人間不信に陥ったという。

遥輝の気配が染みついている品々を手で触れながら、美沙の目から涙がぽたぽた落ちた。こんなにも愛おしい自分の分身。こんなにも宝物のような存在。遥輝は美沙の一部だと思っていた。でもそれは、親である自分の慢心でしかなかったのだと、美沙は悲しみとともに自覚する。

学校に問い合わせたほうがいいだろうか。しかし不用意な問い合わせをして、遥輝の内申点に影響を及ぼすのも気がかりだ。そう思えるうちは、美沙にはまだ心のどこかに余力があったと言える。

散らかった書籍やノートの類いを、美沙は丁寧に机の引き出しに戻していった。

4

遥輝が生まれたのは、涼やかな秋の日だった。

信じられないほどの安産だった。

初産は十数時間かかると聞いていたのに、すべてが美沙の予想を超える速さで、あれよあれよという間に進んでいった。

予定日より十七日も早く、陣痛が始まった。ある朝起きたら腹が痛かった。予定日にはまだまだ間があったから、まさかそれが陣痛だとは気付かずに、下痢になったと勘違いした。

登紀夫と別れたあと妊娠が分かった美沙は結局、一時的に親を頼って東京から埼玉の実家に戻った。当時五十代の半ばだった美沙の両親は、美沙の兄の正孝が結婚を機に独立したあと、二人暮らしになっていた。美沙の状況を知って驚くやら嘆くやら、一通りのすったもんだはあったものの、結局美沙に根負けして、初孫の誕生を楽しみに待つお人よしのジジババになってくれた。

会社員の父、スーパーにパート勤めの母の、言わば家事手伝いというスタンスで実家に腰を据えた美沙は、その日の朝も、二人の朝食や弁当を作る役回りになっていた。

無意識に目覚ましを止めてその朝二度寝した美沙は、腹痛で目が覚めた。そしてそれに耐えながら、みそ汁に入れる豆腐を切ったり、弁当に詰める卵焼きを作ったりしていた。何度もトイレに駆け込みながら。しかし、下から出るものは何もない。母がパートを休んで様子を見ると言ったのも聞かずに、大丈夫だと送り出し、結局痛みに耐えきれずに自分でタクシーを呼んで産院に向かった。すぐに分娩室に連れていかれ、今度痛みが来たらいきんでいいわよと助産婦に言われ、「え〜っ」「はやっ」「うそでしょ〜」と思いながら大きく一回いきんだら、ポロッと生まれた。

5

書類をきれいに引き出しにしまった美沙は、がらんとした遥輝の部屋を見回した。ポツンと置かれたパイプベッドの上に寝転んでみる。天井の木目が目に映り込む。四畳半の遥輝の部屋と三畳の美沙の部屋、あとは小さなダイニングキッチンだけの古いアパートも、美沙にとっては息子と自分だけの蜜月の城だった。

遥輝の高校入学を機に実家を出て、遥輝の学校にほど近い都内のこの住所に居を構えて二年弱。美沙はまるで新婚家庭を彩るように、嬉々として家具を揃え寝具や食器を買い——お金に余裕はなかったから、そんなにいいものは買えなかったけれど——幸せだった。幸せだったのに……。

美沙ははじかれたように起きると、実家に電話をし、学校にも電話をし、遥輝の行方を探った。手がかりはつかめなかった。ただ大ごとにはしたくない旨と、多分自分の取り越し苦労かもしれないということをほのめかして、電話を切った。

美沙は次に、遥輝のアルバイト先に向かった。行ったことはなかったが、場所や店の名前は遥輝から聞いて知っていた。「ノスタルジア」というカフェだ。大通り沿いを、並木で囲まれた公園が見えたところから二筋目を右。ジューススタンドの角を左……。ずっと前に遥輝が言っていた道筋と、美沙が頭のなかで描いていた道のりは、ぴたりと一致した。そして……この小さな路地を入ったところに、遥輝のアルバイト先のカフェ「ノスタルジア」が有るはずだった。

ところが、そこにあったのは、喫茶店という雰囲気の店ではなかった。

「これは……」

どう見ても、酒を出す店……スナックかパブという様相を呈している。重厚そうな木の扉に掲げてあるくすんだ錫の文字でかたどられた店名も、片仮名で「ノスタルジア」というものではなく、フランス語か何かのスペルのようだ。美沙は、どう発音するのかさえ分からなかった。

恐る恐る扉を開けて、なかを覗いてみた。なかは、扉の大きさから想像される床面積よりも広く、テーブル席が二十ほどと、隅に小さなカウンターも見える。クラシカルな壁の色と暖黄色の照明。表の扉さえガラスのドアか何かだったら、たしかに喫茶店——それも昔母から聞いていた名曲喫茶みたいな雰囲気だなと、美沙は思った。

「すみません、今日はまだオープンしてないんです……」店の奥から、申し訳なさそうな小さな声が聞こえてきた。ストリートパフォーマーを思わせる長身と端正な顔立ちの、三十代半ば程の男性だ。

「あ、そうじゃないんです」美沙は、気まずそうに声を発した。「息子を捜してて……。あの、ここで働いている倉本遥輝の家の者です。遥輝は、今日、出勤して来ますか？」

男性は一瞬、意外そうな顔をして美沙の顔を見つめた。それから、はっと何かに気付いたように「……ああ、倉本君のお母さんでしたか。ええっと……、息子さんから、何も聞いてないですか？」

美沙は混乱し、率直に聞き返した。「どういうことですか？」

「倉本君、もう辞めたんですよ。一週間前に」

「えっ……」美沙はあっけにとられた。

「ヤメタ。イッシュウカンマエニ」日本語が一瞬、違う言語に聞こえた。

男性は、困った顔をして、カウンターに肘を預けたまま黙って立っている。

どう体裁を保ったものかと、美沙は目を泳がせた。たまたま視線が止まった先に、壁に掛かっているフレーム付きの写真があった。二十人ほどの整った顔立ちの男性陣と、その集団の中央で微笑む、六十代くらいの派手な化粧の女が五、六人写っていた。

美沙の視点に気付いた男性が写真に近付き、写真のなかで笑う一人の青年を指さした。

「倉本くん、さわやかな笑顔でしょ？」

「は？」美沙は何のことか分からず、写真を凝視した。男性に指を指された、自分の息子だという青年を見た。

知らない子だった。いや、知らない子に見えたのか？　しかし、輪郭も目鼻立ちも、遥輝とは全然違う人物に見える。

美沙はかすれた声で男性に聞き返した。「あの……ここは……喫茶店ではないんですか？」

男性は、さっきと同じようにまた一瞬意外そうな顔をして美沙を見つめ、それから、くしゃっと音がするかのように顔を崩した。

「いいえ、ここは、ホストクラブですよ」

6

乳児の遥輝は、よく乳を飲んだ。美沙も、溢れるほどに乳が出た。遥輝の泣き声を聞いただけで、乳房の奥から、じゅわ〜っと乳が湧き出すのを感じた。

公園デビューは、遥輝が七カ月のときだった。砂場に入って這いまわり、そこにあるおもちゃを何でも口に入れようとする遥輝から、一秒たりとも目が離せなかった。

遥輝が小学校に入ってすぐ。最初の成績表を見たとき、美沙は感動した。中くらいの点数しか取れなかった自分の子供時代とは大違い。ほとんど満点に近い成績だった。

覚えてる。覚えてる。あの子の笑顔。あの子の肌の柔らかさ。あの子の栗色の髪。その手触り。シャンプーの香り……。それなのに、あの店で見せられた写真の息子は、本当の遥輝とは似ても似つかぬ偽者だった。美沙は胸騒ぎを覚えて、遥輝の高校に向かった。

(可哀そうに)

(結局捨てられたのよ)

(意地になって一人で育てるなんて息巻いてたけど、そうそう上手くはいかないものよね)

頭のなかで、誰かの声がこだまする。何、何、この声の正体は何……？　美沙は、軽い吐き気を覚える。

遥輝の学校の門をくぐった。

白亜の殿堂のそれかと見まごう門構え。ドイツの中世のお城に似た校舎の壁の色。ベルサイユ宮殿かどこかの中庭の一部かと勘違いするようなグラウンド……（美沙はヨーロッパに行ったことはないので、それはすべて想像だったが）。

こんなところにまさか自分の息子が通うことになるなんて……。美沙は、初めてこの門を入ったときに感じた、誇らしいような、少し後ろめたいような気持ちを、今日も、焦りと共に味わった。

昼休みが終わり、午後の授業が開始されていた。学校内は本当に静かで、まるで学校じゃなくて、森のなかの教会かどこかに来たみたいだ。

事前に連絡を入れていて、遥輝の学年の主任教師のいる職員室までの道のりはスムーズだった。五十代前半と思しき女性主任は、その年齢のわりにはきめの細かい肌をした、中肉中背の、笑顔の柔らかな人だった。美沙は促されて、職員室横の応接室にある、高級皮革であろう黒い大きなソファに体をうずめた。

「どうも誤解があったようです」主任はその笑顔と同等の柔らかな声で言った。「先ほどのお電話では、お母さまはお急ぎになっていたようで、詳細を確認しないままに、電話が切れる形になってしまいましたが、当方で確認しましたところ、息子さんは本日、間違いなく登校されているようです」

「えっ？」美沙は唖然とした。「登校……してる……？」

主任の言葉は、にわかには信じられなかった。昨夜、遥輝は家を出た。何度スマホに掛けても捕まらず、メールにも留守電にも反応はなかった。友だちの家にも、美沙の実家にも、手掛かり一つ残さず、こつ然と消えた……ように見えた。それなのに、今日、普通に登校している？　どういうことだろう。こつ然と消えたように見えたのは、美沙がさっき、自分に言い聞かせようと無理やりこじつけたように、本当に、美沙の取り越し苦労だったのだろうか。

だったら、なぜ自分は、息子がいきなり家を出たなどと、思い込んでしまったのだろう。何だろう。何か得体のしれない黒い思惑に、自分は踊らされていたのだろうか。

それにしても、遥輝にはやられた！　私としたことが、息子に良いように遊ばれていたのだ。美沙は自分が恥ずかしくなり、早くここを立ち去らねばと、腰を上げようとした。

「お母さま」主任はにっこり笑って「本人に先ほど、こちらに向かうようにことづけました。もうすぐここに来ると思います」と、さっきと同じ、柔らかな声で続けた。そしておもむろに席を立って、応接室の片隅にあるエスプレッソメーカーに歩み寄り、複雑なレリーフが施された耐熱ガラスのティーカップを二つ、注ぎ口にセットした。しばらく迷うようなそぶりをしてから、ランプの点いている薄緑のボタンを押した。すぐにポコポコと音がして、注ぎ口から綺麗なレモンイエローの液体が出てきた。

やがて主任は、レモンイエローで満たされたその二つのカップをトレーに載せ、ゆっくりとテーブルまで運んでくると、丁寧に美沙の前に差し出した。「カモミールティーです。私この癒やし系の香りが大好きで」

ばつの悪さで緊張していた美沙だったが、主任の柔らかな声に促されて、カップに口を付けてみた。甘い香りが鼻腔をくすぐる。

そのとき、ドアがノックされた。主任の顔がぱっと明るくなって、席を立つ。

「倉本くんですよ」

ドアが開いて、青年が入ってきた。

美沙は、自分の目を疑った。

「遥輝……？」

そこには、驚いた顔で自分を見つめる、見知らぬ青年が立っていた。

「……おばさん……誰？」

「ええっ？」主任が素っ頓狂な声を上げる。柔らかさはすっかり失われ、尖った声になっていた。

「あなたこそ……だれ？」美沙は震える声でつぶやく。目の前がぼやけてくる。自分は泣いているのだ。涙が眼に溢れているのだ。やがてそう理解した。

主任は半狂乱になって「何ていうことでしょう！　倉本くん、下がってなさい！」そう叫びながら、美沙の前に立ちふさがった。

「まさか、まさか、まさか、こんなことが起こるなんて！　保護者の顔をよく把握していなかった私のミスです！　あなたに伺います！　目的は、いったい目的は何ですか⁉」

美沙は突っ立ったまま、身動きできずにいた。騒ぎを聞きつけて、職員室から何人か出てきた。倉本くんと呼ばれた青年は、どこかに身を隠したようだ。何、何、あなたたちこそ、目的は何！　美沙は突っ立ったまま、心のなかで叫んでいた。

7

「……中絶した子なんです。最初から、この世に存在しない子なんです。だから、どこにもいるはずないんですよ……」

悲しそうな、母に似た声が、誰かに説明するのを、美沙は遠くで聞いたような気がした。

ううん、これは、テレビのドラマか何かの台詞……。意識の奥で、もう一人の美沙が、本当の美沙に、そうつぶやいた。

美沙は通報され、身柄を拘束され、警官の前で自分の行動を説明させられた。

ちょうど良かった。私も警察に行こうと思っていたんです。息子がある日突然行方不明になり、捜索願を出そうと思っていたんです。息子の名前は倉本遥輝。十七歳。私立A学院付属高校二年。写真もあります。これです。そうです。私の息子です。はっ？　どういうことですか？　アイドルグループ・聖のハルキ？　誰ですか、それ。違います。これは私の息子です。息子の遥輝の写真です。

中絶したなんて、嘘。私は遥輝をちゃんと産みました。ええ、産婦人科には行きました。一旦は、中絶承諾書にサインをする直前までは行きました。妊娠を知った直後は素直に嬉しさだけでしたが、そのあと不安になって……でも、思い直したんです。承諾書は破りました。びりびりに、びりびりに、跡形もなく破り捨てました。

意識が混濁なんて、してません。嘘と真実が混同なんて、してません。人は自分の見たいものだけを見るなんて、信じません。事実を事実として、認識しています。記憶は平気で嘘をつくなんて、思いません。記憶は確かです。私は記憶を、自分のいいように捻じ曲げたりなんて、してません！

美沙は、泣いていた。泣きながら、訴えていた。いや、訴えようとしていた。突っ立ったまま……突っ立った状態になったまま、体が動かない。

私は、どうしてしまったの？　声も出ない。こんなに必死で何かを訴えようとしてるのに、私は、どうしてしまったの？

8

病室の白い壁は、どこまでも無垢な色をしていた。少しだけ開けた窓からは、春の日の柔らかい風がすべり込んでくる。

ベッドの脇には、機械が配置してあった。呼吸を確保するための、無機質な冷たい機械だった。機械の作り出す規則正しい音が、部屋のなかを巡っていた。

「あんたなんか、産まなきゃ良かった！」

「産んでくれなんて、頼んだ覚えは無いよ！　自分の都合で勝手に産んで、育ててもらって感謝しろって、意味分かんないし！」

あれは、いつの日……？　本当に、あった日々？　それとも、私の夢や願望が、一人の子供を育て上げたと錯覚させていたの？

「俺の声が聞こえる？」

「俺の声を聞こうとしてくれてる？」

ええ、聞こえているわ。聞こうとしているわ。だから今、必死で応えようとしているのに……。

倉本遥輝は、母親の枕元にいた。そして、担当医師の言葉を頭のなかで反復していた。

「とにかく話しかけてください。意識が回復するか、脳死に移行してしまうか、こちらにも、予測はつきません。急な事故で、本人の身体も意思も混沌とした状態です。医師の立場として、こんな非科学的なことを申し上げるのは、大変心苦しいのですが、もしかしたら、人生の軌跡が今、走馬灯のように心を巡っているかもしれません。誤解や後悔や混乱が、記憶を苛めているかもしれません。だから、話しかけてください。話しかけ続けてください。本人の生きようとする意志を、息子さんが支えてください」

遥輝は、眠り続ける美沙の手を握った。四十二歳の母親の手は、骨ばって、少しかさかさせていた。遥輝はその手を、両手で優しく包み込んだ。

母さんは女だから、男の俺の、このややこしい心の内が分かんないんだよ。自分でも時どき、どうしていいか分からなくなる。俺のなかの闇が、俺の心を壊してしまいそうになる。俺を取り巻く社会とか、女親と一対一の環境とか、進路とか、好きな女の子の眼差しとか、とにかく、そんなもん一個一個の存在が、俺のなかの闇に、必死で揺さぶりをかけてくるんだ。

「自分の都合で勝手に産みやがって」とか、「あなたには期待してるわとか、ウザいんだよ」とか、本当は、言うつもりなんかなかった。なのに、口から出る言葉は、思いを追い越していく。

俺の声が聞こえる？　俺の声を聞こうとしてくれてる？

家を飛び出したあと、俺なりに考えた。自分のなかの闇に、向き合う覚悟もできた。

なのに、なんで事故になんか遭ってんだよ！

……柄にもないけど、母さんの誕生日に、欲しがってたジュエル買ったんだぜ。スワロフスキーのビジュー・ピアス。ミルキーグリーンの石が入ってる。カフェのバイトで貯めて、けっこう頑張って買ったんだ。今、枕元に置いてある。早く目を覚まして、このジュエルつけてくれよ。

遥輝は美沙の手を握り続けた。

白い病室に、春の日の風が注ぎ込んでくる。

やがて美沙の頬に、うっすらと赤みが差すのを、遥輝は見た。そして、遥輝の声に応えるように、美沙の細い指が、遥輝の男らしく成長した手のひらをしっかりと握り返すのを、遥輝は感じた。

骨の歌う

午後の陽ざしがまた飛んだ。時間と同じように、卓司の頭の上を、通り過ぎて行った。

1

卓司の視線は、華奢な愛美(まなみ)の背中を這った。肩に回した手が熱を帯びる。振り返る愛美の素直な横顔が、卓司の身体の奥から発する熱を、細胞を巡る熱に変えていく。

美しい女だ。美しくて慎ましやかで従順で……。卓司は、自分の理想に限りなく近いこの女を、今日こそ落とさなければと焦っていた。熱は吐息に移り、それは愛美の吐息と交差し、同化していく。半分痛みをこらえたような愛美の薄い眉尻に、卓司は甘い疼きを覚えた……。

浮遊するおかしな感覚にさいなまれて、卓司はふと目を覚ました。

「……」

ついさっきまでそこにあった夢の残像が、まだ卓司の周りを漂っていた。

卓司は夢を観ていた。若かりしころの愛美の夢を観ていた。

昔の映像ほど鮮明だ。若かりしころの自分のエネルギーも志も、夢のなかではすべて健在だった。

卓司は、年老いた体をゆっくりと起こした。体は骨と皮ばかりになって、最近では、いったいそこに本当に体重があるのかさえ、分からなくなっている。ただ、だからなのか、体が、軽いといえば軽かった。

窓からせせらぎのような風が入ってくる。卓司の入れ歯がかたかた鳴った。

家のなかに、息子の気配を感じた。

ずんぐりと大きな体がうずくまり、ズルズルとカップラーメンをすすっている。

なんだ、今日もいるのか。

卓司は寂しい溜め息をつく。仕事を見つけるように何度促しても、息子はいっこうに、その重い腰を上げようとはしなかった。そして今日も、大好きなカップラーメンを幸せそうにむさぼり食いながら、「理想の世界」とやらを創るというコンピューターゲームに興じている。時どき発する、イヒヒ……とか、女の子のような、ムフ、ウフウフ……とかいう含み笑いは、父親の自分が聞いても、気持ち悪いと思える声色だった。息子はそろそろ五十に手が届く。そして、いまだ独身だ。

まあそれも、ほんの何パーセントかは、自分のせいでもあるかと、卓司は初めてそんなことを思った。どんな仕事でもいいからやってみろと言い始めたのは、本当に、つい最近になってのことだったのだから……。

卓司は家のなかに、今度は妻の愛美の気配を捜した。

無い。

愛美はどこかに出掛けてしまったのか。毎日毎日飽きもせず、ジム通いだ食べ歩きだ、エステサロンだ習い事だと、そんなことばかりやっている。愛美は、スケジュール表を埋めることだけに腐心しているようなところがあった。そしてそのスケジュール表を埋めるのに、なんだか疲れているようにも見えた。おかしなものだ。疲れるなら埋めなきゃいいようなものの、埋めなきゃ私のセレブライフがどうたらとか、わけの分からないことをつぶやいている。

出会ったころは美しいと思えていたその肌も、可愛くて仕方なかったその仕草も、自分たちの世代にしては珍しくハイカラであったその名前も、今は跡形もなく輝きを失っている。今ではただのばばぁでありながら、そこだけ昔の幻よもう一度とばかりに、燕の巣のエキスがどうたらという高価な美容液をじゃぶじゃぶ使い、なんたらとかいう外国製の高級下着を山ほど買って体を締め上げ、外側だけを飾ろうとやっきになっている姿が、卓司は気に入らなかった。

優里奈も言っていた。

「お母さんさあ、美魔女だかなんだか知らないけど、顔洗うときに、適温の三十二度になるまで蛇口からぬるま湯をじゃんじゃん出しっぱなしってどうかな。自分のエゴのために、いい大人が環境にも配慮しないって、全然美しくないかも。それに、全身で高級ブランドを主張してる、これ見よがしなデザインの物ばっかりを好んで着るのも、品が無さすぎ。いい加減いい年なんだから、もうそろそろ、女同士のくだらないマウンティングから卒業したら?」

たしかに、と卓司は苦笑した。

愛美はもしかしたら、年の取り方がものすごく下手なのかもしれないと、卓司は思う。年を取って円熟味を増すどころか、年を取って余計にあっぷあっぷしているところがある。一度、カルチャーセンターに一緒に通う知人から、愛美の行ったことのない国——中欧のどこかだったと思うが、そこに行ったという話を聞かされて口惜しかったと言った夜には、ひどいヒステリーを起こして、半ば脅迫されるがごとく、その国への旅行を約束させられた。あのときは、そのでかいぶよぶよの尻を、後ろから思いっきり蹴っ飛ばしてやろうかと思ったくらいだ。

じゃあ自分はどうなのよ、人のこと言えるの？　自分だって相当な俗物だよ。

優里奈の声が、脳裏によみがえる。

「お父さんは、娘の幸せより、自分のプライドや自分の理想のほうが大事なんでしょ！」

優里奈は目でそう訴えていた。その眼の色に気付かないふりをして、卓司は、自分の意見を押し通した。

近ごろは時間の感覚が麻痺して、それがずいぶん前のことだったのか最近のことなのか分からなくなってしまう。過去や未来は、容易に交差するものだ。

何故あの男なんだと思った。

優里奈が、結婚したいと言って拓哉を連れてきたとき、卓司は無性に腹が立った。拓哉が何から何まで、卓司の理想とはかけ離れていたからだ。

まず、二流大学出なのが気に入らなかった。何やら横文字の、不安定そうな職業なのも胸くそが悪かった。その会社が上場企業でないのも許せなかった。そして何より、拓哉の見てくれが、派手で、女好きのするタイプであったのが、卓司の不満に火をつけた。こんな男と一緒にしては、娘の苦労は目に見えている。卓司は絶対に許さなかった。おとうさん、娘さんを僕にくださいと頭を下げた青年に、卓司は一瞥もくれなかった。だまされるものか。そんな誠実そうなふりをしても、この俺はだまされないぞ。卓司はそう心に決めた。何もかも、娘のため、娘のためだと思った行動だった

二十九歳のときに男を連れてきた優里奈は、卓司に断固反対され、それでもずいぶん食い下がったが、結局泣く泣く男と別れた。

男はそれから一年後に、優里奈よりずっと若くて、優里奈よりずっと綺麗な女と結婚したと聞いた。卓司は、そうれ見たことかと思った。あの男は誰でもいいからとにかく早く所帯を持ちたかっただけなのだと優里奈を慰めた。しかしそれは慰めにはなっていないと、優里奈はまた卓司を責めた。

卓司は会社の上司や大学時代の先輩に頼んで、自分の眼鏡にかなう男を優里奈に何人か会わせたが、優里奈は頑として首を縦に振らなかった。強情な娘だと卓司は辟易した。こんなに頑固に育ったのは、きっと愛美の教育が悪かったからだと卓司は思った。まったく、家のことはおまえに任せたとあれほど言っていたのに、なんにもまともにできていない

じゃないか。卓司は愛美を馬鹿にした。優里奈が拓哉を連れてきた日から、ずいぶん月日が経っていた。

最近、卓司のなかでは、月日はまるで、平べったい煎餅のようだった。薄くてすぐに粉々になる。さもなくば湿気って容易にふにゃふにゃになる。そういえば、最近美味い煎餅を食べていないなと卓司は思った。ほら、なんという店だったか、よく若いころ買ったあの店……。

卓司は深い溜め息をついた。だめだ。どうしてもあの店の名前が思い出せない。

2

しかし思い出せることもある。

いつのころだったか。息子のことで、イベントの人生相談に出演したことがあった。不本意だったが、愛美の勇み足につき合わされてしまう形になったのだ。

そういえば、あのときも優里奈に非難されたっけ。

お父さんたちは、相談するふりをして、実は自分たちにお金があるのをひけらかしたかっただけなのだと。そのために息子をダシに使ったと。お金だって、自慢するほど有り余ってたわけでもないのに、いい笑いものだわ。ホントに、見栄っ張りにもほどがある。優里奈は冷たい目でつぶやいていた。

結局優里奈は、あれから好きな男ができず、四十歳を過ぎても、とうとう結婚しなかった。いや、今でも一番好きなのは、あの拓哉に違いない。まったく、あの男のせいで、娘の人生は台無しだ。

そう。月日は煎餅のごとくだが、あのイベント出演のことは覚えている。愛美がうきうきしながら、卓司に言ったのだ。

「抽選で当たったのよ。カナコ様に会えるわ。彼女が私たちの悩みを聞いてくれるのよ」

「悩みって何だ。俺たちの生活に、悩みなんてものはないだろう」卓司はむっとして愛美に突っかかった。

「あら、あの子のことよ。あなたの可愛い一人息子。もう三十をとうに過ぎてるのに、一度も就職したことも、働いたことも、アルバイトさえしたこともないなんて、ちょっとやっぱり心配だわ」

「気に入らない就職先なら、無理に決めることないって、俺があいつに言ったんだ。一生を決める大事な仕事だ。納得いくまで、じっくりと腰を据えて選ぶほうがいいだろう」

「あなたがそんなこと言ってるから、あの子はいまだに、贅沢ばっかり言ってるのよ。六本木のタワービルに入ってる会社じゃなきゃ嫌だとか、世界を相手にする仕事じゃなきゃ嫌だとか、給料は最低限これくらいなきゃ嫌だとか、ハイソな女性と出会えそうな職場じゃないと嫌だとか」

「そう言ってどこがいけないんだ。あいつは一流の大学を出てるし、海外留学だってしている。それだけのスキルは、俺があいつに与えたんだ。父から息子へのプレゼントだよ。あいつの言うことは間違っていない」

「あなたや私が社会に出た時分とは、今はまったく違うんですよ。いい学校出てようが、英語がペラペラだろうが、なかなか就職できない人もいっぱいいるご時世なんだから」

そう言えば、三年間イギリスに留学していた息子が英語を喋るのを、一度も聞いた覚えはないなと、卓司はふと思い出す。

イベント当日。

愛美は相変わらず、上から下まで定番デザインのブランド物で決め、卓司も愛美に勧められるまま、何やらバカ高い麻のジャケットにシャツにチノパン、スカーフをアクセントにしたコーディネートで、出演に臨んだ。

「主人が息子を甘やかして困るんです」愛美がさほど困ってもいない、小鳥が歌うような口調で、カナコ様とやらに迫る。

「まあ、お父様がどんなふうに息子さんを甘やかすんです？」

「まるで息子の『パシリ』なんです。コーラが欲しいと言えば、近くのコンビニに買いに出る。急にビッグマックが食べたくなったと聞けば、車を飛ばして買ってくる」

「息子さん、引きこもりなんですか？」

「まあ、軽く、そうです」

そこで会場から笑いが起きる。

「軽く……というのは、真性ではないのですね」

「まあ……仮性、というか、気に入ったアイドルのＤＶＤなんかは、自分でちゃんと買いにいきますし」

「あらあら、仮性とか、真性とか、お母さん、包茎の話じゃないんですから」

そこでまた、会場から笑い。

女性司会者は、さらに話を促す。

「他に、困ったことと言えば？」

「息子が欲しいと言ったものは、何でも買ってあげるんです」

「ほほう、たとえばどんなものを？」

「高級オーディオから、ホームシアターセットから、車からバイクから……。デスクトップのパソコンなんて、もう、四台くらい買ってあげてるんです」

「へえ〜〜、お父さん、お金持ちなんですね〜〜」カナコ様とやらは、右手の親指と人差し指で、いやらしい丸印を作りながら口角泡を飛ばす。

「会社を定年退職してからは、フリーで経営コンサルタントみたいなことをやってるんです。これがそこそこ儲かりまして……」卓司は、得意げな顔をつくる。

愛美が横から口を出す。「一生食べていけるだけの貯金はあるから、おまえはもう、働かなくてもいいって、主人が息子に吹き込んでるんです。どう思います？」

「一生働かなくてもいい貯金って、五兆円くらいですか？」女性司会者がそう言ってまた会場の笑いを取る。

――一生食べていけるだけの貯金……。そう、卓司はあのとき、たしかにそう言った。

今思えば、それは、息子が一生食べていけるだけの貯金ではなく、当時六十代半ばだった卓司と愛美が、年金と合わせて何とか八十歳くらいまで食べていけるだけの貯金だったに過ぎなかった。しかしその貯金も、何故か何だか分からないうちに予想外の早さで目減りしていき、年金だって、現役時代に試算していた額よりもずいぶん少なくて、国に「騙したな」と恨み節を言っても、到底どうにかなるものでもなかった。

今思えば卓司は、老後を独身の息子と楽しく暮らせれば、それでいいと思っていた。息子の欲しいものを買ってあげて、息子が食べたいというものを食べさせてあげて、息子のよろこぶ顔を見て老後を過ごせればそれでいいと、ただそれだけを考えていた。結局腐心していたのは「自分たちの一生」であって、「息子の一生」ではなかったのかもしれない。今の今、それに気づいた。

卓司が、当時三十歳過ぎの息子に何でも好きなものを買い与えていたのは、若いころの反省だった。

会社人間だった卓司は、息子や娘が子供だったころを、ほとんど知らない。息子や娘が子供のころ、何に興味を持ち、どんなものが好きだったのかさえ、知らずに過ごした。

あれは、息子が小学校五年生くらいのころだったろうか。そのときクラスで流行っていた、ファンタジーの世界がなんたらとかいうカードゲームが欲しいと言ったことがあった。

卓司は失笑した。幼稚園児じゃあるまいし、小学校も高学年になる男子が、カードゲームとは何事だ。そんなことよりもっと、大事なことがあるだろう。勉学に決まっているじゃないか。この厳しい競争社会を勝ち抜いていくために、今自分が本当にしなければならないことは何なのか考えろ。

卓司の若いころは、同年代がひしめき合って、何でもかんでも競争だった。何でも人より先んじなければという、脅迫観念すらあった。

しかし、だ。しかし、それでこそ、気が楽というところもあった。多様な価値観など存在しない時代だったから、複雑なことを考える必要がなかった。卓司たちはただ前を見て、突っ走っていれば何とかなった。そういう時代だったのだ。

しかし、承認欲求を満たしたい構造は、実のところ現在(いま)も変わっていないのかもしれない、と卓司は思う。昔は、それが物質的なことに集約されていただけだ。そしていまは、その承認欲求の昇華の仕方そのものが、多様化してきたということだろう。最近の若者は金や物よりも「いいね」というマークが欲しいと、雑誌の記事か何かで読んだことがある。

その昔に話を戻そう。

「今本当に自分に必要なことを考えろ」

息子は、そんな卓司の言葉に素直に従った。大好きなゲームを買ってもらえず傷付いたことなど、なかったふりをして。半分くしゃみをこらえたような、曖昧な笑顔をつくって。

あのときに感じた胸の痛みが、三十を過ぎた金の稼げない息子に、金品を与えることで自信を与えようと、いびつな愛情を捻出していたのかもしれない。卓司は、また新たな胸の痛みを自覚した。


結局あの女性司会者は、俺たちに何か的確なアドバイスをくれたのだろうか。卓司はそれをどうしても思い出せない。

いや、たぶん、何も言ってはくれなかっただろう。何故なら、俺たちはあのとき、解決策なんか必要としてはいなかったのだから。

3

卓司が定年退職する何年か前の話だ。会社の上司に不幸があった。一粒種のご子息。年を取ってから出来た子だったから、まだ二十二歳か二十三歳か、そのくらいだったそうだ。

上司は、ご子息が小さなころから、何でも好きなことをやらせてきたという。サッカーをすすめて息子がやりたいと言えば、一流の少年チームに入れ、一流のコーチを付け、夫婦で全力で応援した。近所の子供たちのあこがれだったレーシングカーのおもちゃが欲しいと言えば、いち早くシリーズで揃えてあげた。中学受験を持ちかけて息子がしたいと言えば、家庭教師を付けて思う存分勉強させてあげた。大学を卒業しても就職せず、充電期間と称してしばらくぶらぶらしていたときも、心のなかではイライラしながらも、表面的には鷹揚に構えて、息子の好きにさせてあげた。気分転換に留学でもしてみたらと水を向けてみて息子がしたいと言い出せば、息子の夢を応援して、親子三人でいろいろな国のいろいろな大学の資料を集め、十分に吟味して、一番納得できるところに決めた。留学先の住居も車も何もかも、最高のものを揃えてあげた。

しかし、留学してから半年も経たないうちに、ご子息は留学先で交通事故を起こしてしまう。一人で車を運転していての単独事故だったから、誰にも怪我をさせず、自分がちょっと鞭打ちになったくらいで、器物破損はあったが、示談金で何とかなる程度のものだった。上司も奥さんも、ご子息を一言も責めることはしなかった。

「大丈夫だ、お父さんたちに任せておけば、何もかも上手くいく。今までもずっとそうだったじゃないか。おまえは何も心配しなくていい」

しかしご子息は、その事故を機に早々と帰国してしまった。そしてそれからしばらくして、自ら命を絶ってしまったのだ。

何不自由させることなく育て、息子のやりたいと言ったことは、すべて叶えてあげたのに、どうしてこんなことになるのだと、上司は世の不条理を呪ったという。

通夜の席で男泣きにむせびながら、上司は絞り出すようにつぶやいた。「おまえのところはまだいいよ。仕事をしてなくったって、引きこもりだって、おまえのところは、まだ生きていてくれてるじゃないか……」

卓司は、上司に同情しながらも、自分はまだ幸せなんだと自覚した。

その日の夜、ワイングラスを傾けながら夫婦でその話をしているところに、当時はまだ二十代の後半だった息子が、冷蔵庫にプリンを取りに二階から下りてきたついでに言った。

「苦労してみたかったんじゃないの？」

冷蔵庫のなかを物色しながら、独り言のように小さな声で、息子はぽつりとつぶやいた。

「どんなに苦労しようともがいても、親が苦労させてくれなかったから、絶望したんじゃないの？」

何を馬鹿なことを言ってるんだ。

そのとき卓司は、息子の言葉がまったく理解できなかった。

「いつもいつも親と一緒にじゃなくて、その子は一人で、自分だけの人生を、選んでいきたかったんじゃないの?」

4

また一つ思い出した。月日の断片の、煎餅の断面だ。優里奈は、四十を過ぎて二、三年経ったころに、実はやっと、結婚できたのだった。

頭が冴えてきたぞ。自分は認知症になりかけかもしれないなどと嘆いていたが、思い違いだったようだ。骨と皮ばかりの卓司は、満足そうに微笑んだ。

相手は国立大出の公務員で、その点では合格だった。婚活パーティーで知り合ったという。優里奈より二歳年下の、縦より横に大きな男で、顔も醜く、離婚歴もあったが、優里奈の年を考えると、こっちも贅沢は言えなかった。それに離婚原因は元妻の買い物依存症だったというから、まあしぶしぶ良しとした。

しかし結婚からまもなく、卓司は大きな溜め息をつくことになる。優里奈と男は、お互い四十過ぎの晩婚カップルでありながら、何から何まで、親頼みの生活だった。まず莫大な費用をかけて、不妊治療を受けた。出産する病院は、一生に一度のイベントだからと、ベルサイユ宮殿並みの個室を持ち、毎日フランス料理を提供する、バカ高いところを選んだ。生まれた女の子には、乳幼児のときから、英才教育と称して、ありとあらゆる贅沢をさせた。お宮参りには百二十万円の着物。七五三にも新調。ピアノにバレエに英語・フランス語。脳開発の特別プログラムに参加するのに、新幹線で通った。名門私立小学校入学時には四十五万円の学習机、十七万円のランドセル。教育費だけで、サラリーマンの月給に迫る勢いだった。しかもその晩婚夫婦は、それらの費用をすべて、両方の親から搾り取った。あなたたちの孫にふさわしい、プリンセスに育てるためですよとささやいて。

　そしてプリンセス・樹利亜は、本当に、自分はお姫様だと思い込んで育った。買うだけ買って封も切らずに衣装ケースに並んでいるブランド物の服の山を、誇らしげに卓司に見せたりしていた。

　頭痛の種はまだあった。優里奈の姑・千恵子だ。この女はことあるごとに、学歴を自慢するような輩（やから）だった。私立の名門D大学を出ていると、耳にタコができるほど聞かされた。卓司から見れば、自慢するほどたいした学歴でもないのだが、中程度の短大しか出ていない愛美や優里奈にとっては、ぐうの音も出ない状況らしかった。優里奈などは「どうせあんたはバカ短大の出身じゃない！」と、面と向かって言われたという。

「だから口惜しくて口惜しくて……。樹利亜は絶対、お義母さんよりいい大学に入れてやるんだわ！」と息巻いていた。

愛美も愛美で「あれだけブスで何の取り柄もなかったら、せいぜい大学自慢するしかないんでしょうね。ああ、いやだいやだ。ほんっとに下品で醜いバカ女だこと！」と陰で罵っていた。

「ブランド自慢のババアに、学歴自慢のババアか。いいコンビのバアチャンズだ」と、卓司の息子は、面白そうに笑っていた。

不思議なものだ。女同士の低レベルな格付け競争から卒業しろと、若いころあれだけ冷静に母親を批判していた優里奈が、年を取って、母親と同じ轍を踏んでいる。本当に、女は分からない。

卓司はそう思いながらも、苦いものが胸にこみ上げてくる。

優里奈は今でもやっぱり、拓哉が忘れられないんじゃないのだろうか。忘れられない何かを埋めるために、出口の見えない迷路を奔走しているんじゃないのだろうか。

優里奈との決別の日は、記憶の断片にしがみついていた。

金の無心がどんどんエスカレートしていき、卓司も愛美も、自分たちの生活費さえ危うくなると恐怖心を覚えたころ、意を決して、優里奈に現状を訴えた。

優里奈はまるで、まずい翻訳文を読まされて日本語の意味が分からなかったかのように顔をしかめて、卓司にもう一度説明を求めた。

「……だから、もう出せないと言ってるんだ」卓司は声を搾り出した。

「はあ？　どういうこと？　お父さんたちは、樹利亜が可愛くないの？　樹利亜の教育を、何だと思ってるの？」

「樹利亜が可愛くないわけがない。お父さんたちだって、できればずっと、援助していけたらと思っている。しかし……もうだめなんだ」

「なんで？」

「実のところ……本当に言いにくい話なんだが、もう……余裕がないんだよ……」

「余裕がないってどういうことよ？」

「だから、もう……お金がないんだ……」

「はあ？」優里奈はあきれた顔をつくった。

「ばっかじゃないの？　今さら何寝ぼけたこと言ってんのよ！」「さんざんお金があるって思わせといて、そんな話、全然信じられない！」「じゃあ何？　今まで子供に見栄を張ってたってこと？」「何それ。意味わかんないし。本当に、ばっかじゃないの！」

吐き捨てるようにそう叫んで家を出ていき、優里奈はそれから、まったく音沙汰なしになった。

金の切れ目が縁の切れ目とは、男女の間の話だろう。親子でそれはないだろう。おい、優里奈。どういうことだ。

そう嘆いた日から、いったい何年過ぎたのだろう。

卓司は指を折って、煎餅の月日を数えようとした。

5

骨の歌う。骨の歌う。

今日も一日の暮れかかる。早いものだ。こうなってから、もうどのくらい経つだろう。今日も時間が飛んでいく。陽ざしも、時間も、卓司の思いも、何もかも一緒くたに、恐ろしいほどの速さで、無情に飛んで行ってしまうのだ。

骨の歌う。骨の歌う。

卓司は、息子の名前を思い出せない。あれだけ溺愛していた息子なのに、何故だか名前を思い出せない。やっぱり呆けてしまったのだろうか。ああ、あのとき息子が本当に欲しがっていたカードゲーム。あれを買ってやれば良かった。

骨の歌う。骨の歌う。

骨と皮ばかりになってしまったと思っていたが、実は皮さえもなかったのだ。

骨の歌う。骨の歌う。

卓司は、骨だけになった自分の亡き骸を、俯瞰から見下ろしていた。骨だけになって、カビだらけの布団にくるまれたままの、自分の哀れな亡き骸を。


「私たちの年金が降りなくなったら、あの子は生活していけませんからねえ。だからあの子は、私たちがまだ生きてるってことにしてるんですよ。だからいつまでたっても、私たちは、葬式も出してもらえないんですよ……」

思い出した。

骨だけになった愛美は、ずいぶん前、そう言ってさっさと自分だけ、成仏してしまったのだ。

家のなかに、愛美の気配がないはずだ。愛美はもうずっと前に、ここからいなくなっていたのだから。


やがて行政の手が伸びて、息子の罪が白日の下に曝されるのも、時間の問題だろう。そのとき息子は、どんな顔をするのだろう。

あの日、ゲームを買ってもらえなかったときのように、傷付いてなどいないふりをしながら、素直に事の流れに身を任せるのだろうか。半分くしゃみをこらえたような、曖昧な笑顔をつくって。

「願わくば……」骨は思った。

「今度生まれ変わっても、あいつらの父親として、そして今度こそ、本当に子供たちの幸せを願ってあげられる父親として……」

骨の歌う。骨の歌う。

卓司の骨はかたかたと、窓から入ってきたせせらぎのような風に揺られ、かたかた、かたかたと、音を鳴らした。

ウェイクアップコール

《登場人物》

末次みゆき（二十九歳）ＯＬ
末次孝（五十八歳）会社員、みゆきの父
末次百合子（五十四歳）主婦、みゆきの母
末次竜一（三十一歳）会社員、みゆきの兄
末次並子（七十九歳）みゆきの祖母
田中康太（三十歳）会社員、みゆきの元カレ
大柳ルミ子（二十九歳）みゆきの親友、ニート

上司
医師
看護師
謎の男の声１
謎の男の声２

○暗闇

孝の声　　　「目を覚ませ、みゆき」
みゆきの声「誰？　お父さん？　もう、うるさいな」
百合子の声「目を覚ましなさい、みゆき」
みゆきの声「誰？　今度はお母さん？」
竜一の声　「みゆき、みゆき」
並子の声　「みゆきちゃん、みゆきちゃん」

○ハワイとおぼしき砂浜・昼、晴天

人々がくつろいでいる。
みゆき、ビキニでビーチチェアーに寝そべっている。
みゆき「(ガバッと起きて)わ〜っっ！」
みゆきの傍を歩いていたカップル、びっくりしてみゆきの顔を見る。
みゆき、ばつが悪そうに肩をすくめる。
みゆき「……夢か……」
みゆき、空を見上げる。

雲ひとつない青空。

太陽がまぶしい。

みゆき「(伸びをして) う~ん、気持ちいい!

(心の声) やっぱり来て良かった。家族は反対したけど、本当の自分を見つける旅だもん」

みゆき、立ち上がって砂浜を歩き始める。

沖には、カラフルなヨットが浮かんでいる。

さわやかな風が気持ちいい。

みゆき「(心の声) ここから、わたしは、また始めるんだ。本当の自分を取り戻すんだ」

○みゆきの回想・レストランの店内

テーブルについているみゆきと康太。
康太「ごめん、みゆき。俺たち、やっぱり合わないよ」
みゆき「いやよ、コウタ。悲しいこと言わないで」

○ビーチ傍の道路

みゆき、軽装ではつらつと歩いている。

歩いていると、父の声が聞こえてくる。

孝の声　「目を覚ませ、みゆき。そんなところに行って、いったい何になるんだ」

みゆきの声「勉強するのよ、お父さん。勉強して、できる女になって、コウタをもう一度
振り向かせるの」

百合子の声「目を覚ましなさい、みゆき。あなたは逃げてるだけなのよ」

みゆきの声「決めつけないでよ、お母さん。わたし、お母さんみたいになりたくないも
ん」


みゆきが歩いていると、向こうから、子犬を連れた優しそうな年配の男性が歩いてくる。

子犬がみゆきの足にまとわりつく。

みゆき、びっくりするが、すぐにしゃがんで子犬の頭をなでる。

年配の男性、にこにこしながらその様子を見ている。

しばらくすると、子犬は男性の足元に戻る。

みゆき、男性と子犬に手を振り、また歩き始める。

男性、優しい顔で少しの間、みゆきが歩いていくのを見ている。

みゆき「(心の声) わたしの晴れの門出を、どうして両親は祝ってくれないのだろう」

みゆき、バス停に着く。何人かがバスを待っている。
やがて赤いバスが来る。
みゆき、ほかの客と一緒にバスに乗り込む。

○みゆきの回想・とあるオフィス

上司「末次くん、もっと仕事に集中してくれよ。何度同じミスをしたら気が済むんだ」
みゆき「(意気消沈した様子で) すみません……」

○みゆきの回想・カラオケの店内

ルミ子「つまんないことはちゃっちゃと忘れて、今日は朝まで騒ぎましょう」
みゆき「朝までは無理だよルミ子。わたしはあなたと違って、働かなきゃなんないんだから。明日は決算だし」
ルミ子「(ふてくされて) 何よ、その言い方。ニートをバカにしてるわね。わたしだって好きでこんなんやってるんじゃないわよ。親が、気に入らない仕事はしなくていいって言うし、いつまでも嫁にいかないで家にいてくれって、無言で訴えてくるんだもん。わたしは親の期待に応えてるだけ。悪いのは親。そう。わたしをこんなにした親よ」
みゆき「（あきれて）どういう論理の展開よ」
ルミ子「とにかく朝まで飲みましょう」
みゆき「だから、それは無理なんだって」

○バスの車内

頬杖をついて窓の外を見ているみゆき。

みゆき「（心の声）ルミ子も誘ったのに、あいつは来なかった。ノリがいいと思っていたのは、わたしの勘違いだった。結局あいつには、飛び出す勇気なんてなかったのよ」

バスの窓の外、トロピカルで綺麗な街並みが通り過ぎる。

おしゃれなカフェや劇場も見える。

窓の外を眺めていると、ルミ子の声が聞こえてくる。

ルミ子の声「そんなの違うよ、みゆき。そんなんじゃ、なんにも解決できないよ。目を覚まして、みゆき」

みゆき「ふん、弱虫」

○空港

バスが空港に着く。

乗客が降りてくる。

みゆきも降りる。

みゆき、はつらつとした顔。目が輝いている。

みゆき「(心の声) わたしは、さらにステップアップするわ。誰もわたしを止められない。

わたしは、さらに羽ばたくのよ」

○空港のロビー

大勢の人が椅子に座ったり、スナックを食べたりして自分の便を待っている。

ロビーを見渡すみゆき。

飛行機の発着を知らせる電光掲示板を見る。

それから腕時計を見る。

上を見て深呼吸する。

顔が明るい。

みゆき「(心の声) ああ、幸せな未来が待っている」

○みゆきの回想・田舎の山のなか、昼間

祖母・並子と木の実を拾って遊んでいる子供のころのみゆき。
優しい目でみゆきを見つめる並子。
楽しそうな二人。

並子「みゆきちゃんはしっかりしてるね。器用だし、物覚えも早いから、将来はどんな仕事でもできるね」
みゆき「うん、おばあちゃん、わたし、世のなかの役に立つ仕事がしたいの」
並子「そうかい、そうかい。みゆきちゃんは感心だね。たのもしいね」
にっこりと笑うみゆき。
並子、また木の実を見つけてみゆきに教える。
みゆき、嬉しそうに木の実を拾う。

○暗闇

並子の声「目を覚ましてみゆきちゃん、あなたは逃げてるだけなのよ」
みゆき「おばあちゃんは、わたしの味方じゃなかったの？」
並子の声「もちろん、おばあちゃんはみゆきちゃんの味方だよ。でもこれは賛成できな

い」
みゆき「どうして？　わたしは羽ばたきたいのに。違う自分になりたいのに」
竜一の声「目を覚ませ、みゆき。『自分探し』とか、『自己実現』とか、そんなものは、マスコミが作ったセールス用語だ。本当の自分なんてどこにもいない。いまここにいる自分が現実の自分なんだ。自己実現なんかしなくていい。そんな強迫観念にかられてバカなことしでかすな。早まるんじゃないよ、みゆき」

○空港の搭乗ゲート
搭乗券を機械に通して入場するみゆき。
みゆき「(振り返って）お兄ちゃんは、わたしに嫉妬しているだけなのよ。じゃましないで。わたしはやっと自分の道を見つけたんだから」
みゆき、前を向いて歩き始める。
孝　「みゆき」
百合子「みゆき」
竜一「みゆき」
並子「みゆき」

ルミ子「みゆき」
一同「目を覚ませ！」
みゆき「(再び振り返って) ああっ！　もう！　うるさいなあ！」

○所在のはっきりしない真っ白な部屋

みゆき、目を開ける。
看護師「先生、末次さんの意識が戻りました！」
医師「よし、脳波確認、心肺確保」

○集中治療室

管をいっぱい通されてベッドに横たわっているみゆき。

みゆき、酸素マスクをしたまま横目で病室の窓のほうに目を向ける。

病室の大きな窓ガラスに、父、母、兄、祖母、ルミ子が、心配そうな顔をして張り付いている。

やがてみんなの顔、少しやわらぐ。

医師「もう大丈夫だ。完全に意識が回復した」

ガラスの外の一同、歓声を上げる。
看護師「大変だったのよ。本当に危なかったんだから」
医師「もうこんなことしちゃダメだぞ」
みゆき、目を閉じてうなずく。閉じた目に涙があふれる。
みゆき「(心の声) そうだ。わたしは死のうとしたんだ。手首を切って」
看護師「みんな、ずっと声をかけてくれていたのよ。目を覚まして、目を覚ましてって」
みゆき、うなずく。
みゆき「(心の声) そう、ずっと聞こえていたよ。ありがとうね、みんな」
看護師「ずいぶん苦しそうだったけど、戦っていたのね。意識の下で」
みゆき、うなずく。
みゆき「(心の声) みんな、勘違いしててごめんね。みんなは、本当にわたしのことを心配してくれてたんだね。わたしが黄泉の世界に行くのを、一生懸命止めようとしてくれてたんだね」
看護師「(優しく) 月並みな言い方しかできないけど、死ねば何もかも解決するなんて幻想よ。それをしっかり覚えておいてね」
みゆき、泣きながら大きくうなずく。

みゆき「(心の声) 結局わたしはできなかったのだ。留学も、自分を見つめなおす旅も、勇気がなくてできなかった。わたしにできたのは、手首を切ることだけ。プライドばかり高くて、夢ばかり見て、現実の自分を認める勇気がなかったの」

みゆき、静かに目を閉じたまま横たわっている。

その顔に、赤みが差してくる。

○病室全体

○病院の廊下

○病院全体の外観

○街

○空

雲の切れ間から、柔らかい光が差している。

謎の男の声１「これでよろしいんですよね」

謎の男の声２「……うむ、まあ、そういうことだ」

万葉時空

《登場人物》

額田貴　三十四歳　会社員
万葉（まよ）　二十六歳　謎の女性
由紀　　三十歳　　貴の妻
貴の子供（男の子）
貴の父母
男子学生四人
女子学生二人
高校教師（男性）
医師

○奈良県・宇陀郡　曽爾(そに)高原（夕方）

ススキの原のなかに立ち尽くす男性（貴）。
手に手紙のようなものを持っている。

貴「（心の声）生まれ故郷でもないのに、何故か懐かしいこの街。その訳がやっと分かった」

目を閉じる貴。

貴「（心の声）万葉(まよ)さん……」

ススキの原に立つ貴・俯瞰の図。

○奈良県・大和高田市、大中公園（春）

花見客で賑わう高田川沿いの千本桜のなかを歩く夫婦（貴の両親）。少し遅れてついていく五歳の貴。

両親、言い争い。

母「やめて、あなた。もっと小さな声で。こんなの、貴に聞かせたくないわ」

父「俺だって、旅先でまでこんな話したくないさ。でも、早く白黒つけないと。子供は案外察しがいいもんだよ」

両親のただならぬ雰囲気に、足運びが遅れがちになる貴。

気分転換のつもりか、しばらく桜に見とれる。そのうち、両親の姿を見失う。

真っ青になって二人を捜す貴。でも見つからない。べそをかく。

二十代半ばの美しい女性（万葉）、桜の陰から貴を見つめる。

貴に話しかける万葉。涙を拭く貴。

ある方向を指差す万葉。貴、そっちを見る。

両親が心配そうな顔で貴を待っている。両親のもとに走っていく貴。

母親の手を握り、万葉のほうを振り向く貴。

万葉、遠くでにこにこしながら貴を見ている。

○奈良県・橿原（かしはら）市　今井町

修学旅行生とおぼしき制服姿の学生たちが数人単位で町を散策している。

一人の男子生徒（十七歳の貴）が走っている。その後ろを四、五人の男子学生が追いかけている。

男子学生たち、走りながら路地に入る。

貴、追いかけていた一人に追いつかれ、転ばされる。

追いかけていた学生たち、貴を殴ったり蹴ったりする。
学生1「いい子ぶんなよな」
学生2「親孝行息子のふりしてよぉ」
学生3「母子家庭のくせに、大学推薦希望してんじゃねえよ」
貴、倒れたまま暴力に耐える。
コツコツと足音がする。万葉、突然現れて貴に覆いかぶさる。男子学生たち面食らう。
学生4「なんだ、このオバサン！」
学生5「きしょっ！（気色悪い）頭おかしいんじゃねえの？」
ぶつぶつ言いながら走り去る男子学生たち。
倒れたままの貴にハンカチを差し出す万葉。
二人、目が合う。悲しそうにほほ笑む万葉。
万葉、貴の口元の血をぬぐってあげる。
貴、愛しそうな目で万葉を見上げる。
女子学生の声「先生、こっちです！」
教師の声　「あ、いたいた。額田君、大丈夫か？」
女子学生二人、教師一人が貴にかけよる。

一瞬そっちを見る貴。
万葉の姿はもうない。

○興福寺の五重塔を臨む猿沢池の袂（夜）

ライトアップされた五重塔が美しい。
意気消沈の貴（二十三歳）、池のほとりに佇む。思いつめたような表情で水面（みなも）を見つめている。

声（万葉）「この池じゃ、死ねないわよ」
貴、びっくりして声のほうを見る。
万葉、薄暗がりのなかに立っている。

貴「あなたは……」
貴、万葉に近づこうとするが、足がすくんで動けない。

貴「あなたは、いつも僕を見つめていてくれた。あなたは、いったい誰なんですか？」

万葉「……」
貴、何か言おうとするが言葉が出ない。
二人、しばらく無言で猿沢池の水面を見つめている。

貴　「大学を出てもう、一年、就職浪人やってます」
万葉「……」
貴　「だからっていうんじゃないんですが、再婚する母に、素直におめでとうって言えなくて」
万葉「……」
貴　「なんか、ひねくれちゃってますよね、俺」
　貴、自嘲的に笑う。
　万葉、優しくほほ笑む。
万葉「あなたのおかげよ」
貴　「——え？」
万葉「あなたのおかげで、私は幸せに死ねる」
　貴、混乱する。
貴　「なにを言ってるんですか？」
　万葉、答えない。
　二人、しばらく沈黙。
万葉「（つぶやくように）はだすすき、穂には咲き出ぬ恋をぞ我(あ)がする。玉かぎる、ただ

　一目のみ見し人ゆゑに」

貴「……万葉…集……？」

万葉、無言でほほ笑み、暗がりのなかに消える。

貴、びっくりして万葉が立っていた場所に行く。後ろから貴のほほに触れる手。振り向くとすぐ目の前に万葉の顔がある。愛しそうな顔で貴を見ている。

貴のほほにキスをする万葉。

万葉「……ありがとう……」

貴、目を閉じる。

目を開けると、万葉の姿はもうない。

一瞬、立ち尽くす貴。

そして万葉の姿を捜すが見つからない。

○貴の回想
会社の面接を受ける貴。

スーツを着て電車に乗り込む貴。

会議でプレゼンをしている貴。

そんな貴の姿に重なって、貴の声。

貴「(独白) 僕は待った。彼女に再び会えるのを。ただ、ひたすら、ひたすら、待った」

再び、貴の仕事をする姿。生活する姿。

貴「(独白) でも、彼女はそれっきり、僕の前に現れてはくれなかった」

○オフィス

事務服を着た若い女性 (貴の未来の妻・由紀)、上司らしい男性に、新入社員としてみんなの前で紹介される。貴と目が合う由紀。はずかしそうに一瞬目をふせ、もう一度貴を見る。

○街のなか

雨が降っている。

貴、由紀と二人で一着のコートを傘代わりに引っ掛け、雨のなかを走っている。

ビルの軒先で雨宿りして笑う二人。

○レストラン

テーブルにつく貴と由紀。
貴、小さな箱を由紀に渡す。
由紀、箱を開ける。ダイヤの指輪が入っている。嬉しそうな笑顔の由紀。

○**教会の鐘**

○**産院の病室**
赤ん坊の傍らで幸せそうに笑う貴と由紀。

○**マンションの一室（夜）**
ボストンバッグに荷物をつめる由紀。
貴、その様子を覗く。
由紀「パパ、支度できたよ」
貴　「サンキュ」
由紀「嬉しいでしょ。奈良に出張」
貴　「そうだな」照れくさそうに笑う。

由紀「不思議と郷愁にかられる街だったっけ。パパにとって」

貴、笑う。

由紀「初恋の人に出会った街だったりして」

貴　「ま、そんなとこかな」

由紀「ええっ？　聞き捨てならない！」

笑いながらふざけあう二人。

隣の部屋で、幼稚園児くらいの男の子（貴と由紀の子）が気持ちよさそうに寝ている。

○奈良県下のオフィス街・ビルのフロント

スーツ姿の男性とお辞儀を交わして表に出る背広姿の貴。

○走る電車のなか

ラフな服装の貴、窓の外の奈良の風景を見ている。

○曽爾高原

清々しい顔でゆっくりと歩いている貴。

ススキの原のなかに立っている後ろ姿の女性（万葉）。

貴が通りかかると、万葉、人の気配に少し驚いたように振り返る。

万葉、暗い顔。

貴、驚いた顔。

貴 「あなたは……」

万葉（不審そうな顔）「え？」

貴、万葉に近づく。懐かしそうな顔の貴。

逆に変な人を見るような目で貴を見る万葉。

万葉「何でしょうか……？」後ずさりする。

万葉、顔色が悪い。苦しそうだ。

貴 「何故、何故今ごろ……。あんなに待ってたのに」

万葉「何を言ってるんですか？」

貴、万葉の手を取る。

貴 「会いたかった……」

万葉、驚いて身を引く。それと同時に、万葉の手から睡眠薬の瓶が落ちる。殆ど空（から）だ。

貴、びっくりする。

貴　「君は、何を……」

しばらく無言で見つめ合う二人。

貴、悲しさで顔がゆがむ。

万葉「――どうせ死ぬのよ、私……」

万葉の目から一筋の涙がこぼれる。

しばらく無言で見つめ合う二人。

曽爾高原のススキが風になびく。

貴「(しぼり出すような声で) だめだ。死んじゃだめだ。そんな悲しい顔しないでくれ」

思わず万葉を抱きしめる貴。

万葉、びっくりする。しかし一瞬、幸せそうな顔をする。そして気を失う。

貴、万葉を支えながら何か叫んでいる (声は聞こえない)。

二人の姿、俯瞰。曽爾高原の風景。

○貴の幼少期、思春期、青年期、万葉と過ごした時間、フラッシュ

○曽爾高原 (別の日・夕方)

一人で佇む貴。その姿に重なって、万葉の声。

万葉（声）「そう、額田貴さんっておっしゃるのね。あなたとお会いしたのは、あの日が初めてでした。不治の病に悩んで、自ら命を絶とうとしていたあのとき、あなたは私の前に現れた」

○病室（回想）

ベッドに体を起こして外を見ている万葉の後ろ姿。その姿に重なって万葉の声。

万葉（声）「男の人に、あんなに愛しそうな目で見つめられたのは初めて……。あんなに優しく抱きしめられたのは、初めてでした。あの瞬間、満たされた私の魂は不思議な力を得、時空を飛んだのです」

○奈良公園

貴にだっこされ、鹿にせんべいをあげている男の子。優しく見つめている由紀。その姿に重なって万葉の声。

万葉（声）「あなたがこの手紙を読むころ、私はもうこの世にはいないでしょう。でも安心して。決して自らその命に終止符を打ったのではありません。私は寿命を全うしたのです」

○病院のカウンセリング室

テーブルを挟んで医師と向かい合う貴。

白い封筒をテーブルの上に出す医師。

医師の声（遠くから聞こえる感じ）「あれから、二週間後でした。とても安らかでした」

医師の声に重なって万葉の声。

万葉（声）「あなたのおかげで、穏やかに……」

○曽爾高原

手紙を手にして佇む貴。
その姿に重なって万葉の声。
万葉（声）「……その時を迎えられる気がします。ただ一度お会いしただけの、あなたの
おかげで……」

○曽爾高原

誰もいない。

ススキが、さやさやと風に揺れている。

風景に重なって文字。

文字「はだすすき、穂には咲き出ぬ恋をぞ我がする。玉かぎる、ただ一目のみ見し人ゆゑに」

文字「はだすすきの穂に咲き出さないようなひそやかな恋を私はします。ただ一度だけ、お会いした方なのに。万葉集第十巻より。詠み人知らず」

曽爾高原の風景、広がる。

大阪物語

ラストメッセージ

ミッション（全編関西弁。通天閣・御堂筋・大阪城を織り込む）

《登場人物》

中津圭太　（二十一歳）　大学生
難波美保　（二十六歳）　フリーター
難波咲子　（五十二歳）　美保の母
天王寺歩（あゆむ）　（二十一歳）　大学生　圭太の友人
南森町博也　（二十一歳）　大学生　圭太の友人
通天閣売店の店員
梅田　会社員
中百舌鳥　会社員
心斎橋　会社員
男の子
男の子の母親

○大阪府内の大学（キャンパス）・朝

圭太、友人二人（歩と博也）と歩いている。

マナーモードにしている携帯がズボンのポケットのなかで震える。

圭太「あっ、ブルった」

圭太、携帯を取り出して発信元を見る。

あれっ？　という顔。

メールではなく電話のようだ。

歩、博也、圭太の携帯を覗き込む。

二人とも発信元を見ていぶかしげな顔。

歩　「なんや圭太、おまえまだ……」

圭太「（ひとり言のように）なんでや」

圭太、電話に出るのをためらっている様子。

博也「出えへんの？」

歩　「（気を利かせて）ほな、おれら、先行くわ」

圭太「おお」

歩、博也、立ち去る。

圭太、恐る恐る電話に出る。

圭太「(消え入るような声で) もしもし……」

携帯のなかから美保の声が聞こえる。

美保（声）「なんでって……」

圭太「なんで、すぐ出えへんの？」

美保（声）「死ぬからな」

圭吾「は？」

美保（声）「わたしがおるトコ、今すぐ来えへんかったら、自殺したるから」

圭太「何言うてん。そんなお姫様ごっこはもうおしまいや言うたやろ！」

美保（声）「黒トカゲの宝石受け渡し場所。足の裏なでたら願いがかなうトコや」

圭太「なんや、なぞなぞか！」

美保（声）「(悲しげに) 来てや。絶対来てや」

圭太「無理に決まっとるやろ。今から講義やで」

電話、切れる。

しばらく立ち尽くす圭太。

圭太「(ひらめいたように) 通天閣か……」

あきれたような顔で校舎に向かって歩き出す。そして校舎のなかに消えていく。
しばらくして、走って校舎から出てくる圭太。
校門をぬけて走っていく。

○通天閣（五階・展望台）
平日で人影もまばら。
圭太、美保の姿を捜しながら小走り。
ビリケン像の前に来る。
カップルがビリケン像の足の裏をなでながら笑い合っている。
（フラッシュ） ビリケン像をなでながら笑い合う圭太と美保。
圭太、周りをきょろきょろ見る。
美保の姿はない。
圭太、売店の女性店員に尋ねる。
圭太「あの、女の子見ませんでした？」

店員「どんな子？」

圭太「ショートカットで小柄。ちょっと気い強そうな子……」

店員「服装は？」

　圭太、あっと気付く。

圭太「すんません。今日の服装知りませんでした……」

　店員、あいそ笑い。

　圭太の携帯が鳴る。

　発信元は美保。圭太、あわてて出る。

美保（声）「来てくれたんやね」

圭太「どういうつもりや！」

美保（声）「今度はちゃんと場所言うで。三菱東京ＵＦＪ銀行の御堂筋支店のエントランスの前や」

圭太「行かんわ、そんなトコ」

美保（声）「自殺してもええの？」

圭太「……」

美保（声）「運命の人に出会(でお)うてしもたんよね」

圭太「美保……」

美保（声）「そんなん、ホンマはウソやろ」

圭太「……」

電話、切れる。

展望台でうなだれて立ち尽くす圭太。

行き交う人々。

○御堂筋（昼）
昼休み、会社員が通りを行き来している。

圭太、走りながら三菱東京ＵＦＪ銀行を探している。

うろうろするが見つからない。

圭太、三人で歩いている会社員（梅田、中百舌鳥、心斎橋）に声をかける。

圭太「すみません。三菱東京ＵＦＪ銀行の御堂筋支店って、この辺りですか？」

梅田「みつびし……ＵＦＪの御堂筋支店？」

中百舌鳥「おいおい、そんなんあったか？」

心斎橋「（笑いながら）あれは、入金照合サービスの仮想口座で使う被振込専用支店や。

実際に店舗は存在せん」
圭太「え？　そうなんですか？」
梅田「（心斎橋に）おまえ、なんでそんなん詳しいねん」
中百舌鳥「こいつ、前から怪しかったんや。なんかたくらんどるやろ」
心斎橋「（胸をはって）ふっふっふ」
圭太「（肩を落として）……ありがとうございました」
圭太、三人と別れる。
あてもなく歩き出す。
圭太「（ひとり言）美保、どこ行ってしもたんや」

○大阪城公園・春（圭太の回想）

梅林を歩く圭太と美保。
美保、デジカメのモニター画面を見ている。
美保「天守閣撮ったら、バックにビル入ってしもた」
圭太「街のど真ん中のお城やもんな」

○御堂筋

圭太、通りを歩きながら何かの啓示を受けたようになる。

圭太「あそこか」

○電車（JR大阪環状線）のなか

圭太、疲れた表情で座席に座っている。

圭太「（心の声）最初会ったとき、ごっつ若（わこ）う見えた。五つも年上やなんて、思てもみいひんかった」

上を向いて目を閉じる。

圭太「（心の声）あんなにわがままなんも」

○大阪城内・七階

圭太、「史実・真説太閤記」の屏風の前に立って、無言で屏風を見ている。

後ろで美保の声。

美保「そやから、やっぱり言うてからやないと、行けんと思たんや」

圭太、驚いて振り向く。

美保が立っている。

圭太「美保……」

美保「大学の講義さぼってまで、なんで来てくれたん？」

圭太「（カチンときて大声で）おまえが……（城内なのに気付いて声をひそめて）来えへんかったら自殺するて」

美保「わたしのこと、少しは大事に思てくれてたん？」

圭太「そりゃ……」

美保「……別れた女やのに？」

圭太「美保……」

美保「自分から振ったくせに」

圭太「……」

美保「運命の人に出会(でお)うてしもたとか、ウソまでついて」

圭太「……ごめん」

美保「そやから……。別れた女の心配して奔走してくれるようなお人好しのあんたやから、言うてからやないと行けんと思たんや」

圭太「美保、おまえ、さっきから何わけの分からんこと言うてんねん」

美保、愛しそうな目で圭太を見る。
圭太、とまどった顔。
二人、しばらく見つめ合う。

美保「……『あてつけ』やないから」
圭太「は？」
美保「『事故』やから」
圭太「美保……？」
美保「そやから、絶対気に病まんといてや」
圭太「なに？」
美保「それだけや」
圭太「……」
美保「それだけ言いに、戻ってきた」
圭太「？」

圭太の足に小さな男の子がぶつかって転ぶ。
圭太、男の子を抱き起こす。
男の子の母親、圭太にお礼を言って男の子を抱き上げ、立ち去る。

圭太、美保のほうに振り返る。
美保の姿はない。
圭太、きょろきょろする。
圭太、美保を捜し回る。
美保はどこにもいない。

○大阪城の構内・外

圭太、何かを悟ったような表情。
携帯をかける。呼び出し音。繋がる音。
年配の女性の声「もしもし？」
圭太「難波美保さんの携帯ですか？」
女性の声「そうです。あの、どちら様？」
圭太「中津圭太といいます。以前、美保さんとお付合いしていた者です。あの……」
女性の声「美保の母です」
圭太「……」

○大阪府内の住宅街（夕方）

一軒の家の前で、圭太と年配の女性（美保の母・咲子）が向かい合っている。

咲子「──今日が、初七日やったんです、もしあのとき……」

圭太「（その言葉を最後まで聞かず）じゃあ、僕と別れた次の日に、美保さんは陸橋から落ちて……」

咲子「あれは、『あてつけ自殺』しようと思ったんやない、『事故』やったんや。そやから絶対気に病まんといてと、美保はあなたに言いたかったんやろうね。それ言うてからやないと天国に行けけんって」

圭太「……朝、大学で電話もろたときから、変やなって思てたんです。美保さんの名前はアドレス帳から削除したはずやのに、発信元に名前が出たから」

咲子「あの子の執念やったんやろか」

圭太「あの……、お線香あげさせてもらえますか？」

咲子「いえ、あの……」

圭太「なにか？」

咲子「（口ごもりながら）……すみません。まぎらわしい言い方して。ええ、今日が……初七日やったんです。……もしあのとき、亡くなってたら」

圭太「えっ？」

咲子「(泣き崩れて）そやけど、死んだもおんなじなんです！　植物状態で……お医者さんも、意識が戻るんは難しいって！　……そやから、そやから、あの子の魂は、あなたに最後のメッセージを伝えようと……（嗚咽で言葉が続かない）」

圭太「そんな……」

美保の声が、圭太の脳裏によみがえる。

美保（声）「(悲しそうに）絶対来てや」

美保（声）「私のこと、大事に思てくれてたん？」

美保（声）「別れた女の心配して奔走してくれるお人好しのあんたやから、そやから……」

美保（声）「『あてつけ』やないから」

美保（声）「絶対気に病まんといてや」

圭太の目から、涙が一滴流れる。

立ち尽くす圭太。泣き続ける咲子。

そのとき、家のなかで電話が鳴る。

咲子、動こうとしない。

電話、しばらく鳴っている。

やがて咲子、機械仕掛けの人形のようにゆっくりと起き上がって家のなかに入る。
圭太「……」

○通天閣展望台・ビリケン像の前（圭太の回想）・今朝

圭太、ビリケン像の足の裏をなでている。

圭太「美保の迷いがなくなりますように。美保が幸せになりますように。美保が僕のことなんか忘れて、早く立ち直ってくれますように」

圭太、そのまましばらくビリケン像の足の裏をなで続ける。

行き交う人々。

○美保の家の前

家のなかから狂ったように出てくる咲子。

涙と鼻水でぐちょぐちょの顔。

咲子「（泣き叫ぶように）あなた！　圭太さん！　あの子の、美保の意識が……！（うれし泣きで泣き崩れる）」

圭太、満面の笑み。

崔　雅子（さい　まさこ）

ホテル勤務を経て声優へ。「機動戦士Ｚガンダム」（ナミカー・コーネル役）、「機動戦士ガンダムZZ」（アンナ・ハンナ役）、村上もとか原作剣道アニメ「六三四の剣」（新井少年役）、ちばてつや原作ゴルフアニメ「あした天気になあれ」（キャディー役）、他多数に出演（出演時は旧姓入江）。結婚引退・子育て一段落後、（海外絵本の朗読を機に）翻訳学習を始める。BABEL UNIVERSITY OSAKA（翻訳学校）フィクションコース・エンタテインメントⅡ修了。翻訳学習の一環として作家養成校入学、大学院・脚本科修了。第１回BABELヤングアダルト翻訳プロフェッショナルコンテスト最優秀賞受賞、日本文学館小説懸賞短編部門・審査員特別賞受賞、第６回クリエイティブメディア出版出版大賞短編部門・優秀賞受賞。既刊・共訳書『マカロニ・ボーイ』（バベル・プレス）、小説・シナリオ作品集『想い出バイヤー』（東洋出版）。朗読と創作のホームページ・トパーズ https://topaz-m.info/

天上の涙

2020年 7 月26日　初版第 1 刷発行

著　　者　崔　　雅子
発 行 者　中 田 典 昭
発 行 所　東京図書出版
発行発売　株式会社 リフレ出版
〒113-0021　東京都文京区本駒込 3-10-4
電話 (03)3823-9171　FAX 0120-41-8080
印　　刷　株式会社 ブレイン

ISBN978-4-86641-331-0 C0093
Printed in Japan 2020